KB142265

엄마의 꽃시

일러두기

1. 이 책에 수록된 시들은 2012년부터 2017년까지 교육부와 국가평생교육진흥원이 주관한 '전국 성인문해교육 시화전'에서 수상한 작품들 가운데 엄선해 엮은 것입니다.

2. 잘못된 맞춤법과 띄어쓰기는 바로잡지 않고 시화전에 출품된 원고의 표기를 충실히 따랐습니다.

3. 이 책의 인세 중 일부는 배움의 기회를 놓친 전국의 문해 학습자를 위한 성인문해교육 활성화에 쓰입니다.

100명의 어머니가 쓰고
김용택이 엮다

엄마의
꽃시

마음
서재

'엄마의 꽃시'가 제게 왔습니다.

글자를 처음 배운 어머니들이 쓴 시를 읽고
제 생각을 보태가면서 저는 설레고 떨렸습니다.
삶이 이리 생생할 수 있다니요.

어제와는 다른 오늘을 보여주는 '엄마의 꽃시'는
살아 있는 것들에 대한 존엄과 위엄을,
절대 포기할 수 없는 인간에 대한 믿음과
희망을 깨닫게 해주는 당당한 인생의 발언들입니다.

우리 어머니는 이렇게 말씀하시곤 했습니다.
"살다가 보면, 먼 수가 난다."
세상에는 우리들이 써보지 않은 이런 '수'가
또 얼마나 많을까요.

고백하건대, 저는 '엄마의 꽃시' 앞에 한없습니다.
고개 숙여 목이 메입니다.

삶은 얼마나 무궁 무궁인지요.
때로 삶은 또 얼마나 근사한지요.

2018년 4월 어느 봄날
김용택 씀

차례

사무치는 그리움들이 가슴을 울리는 시 ─────────

1부

사느라고 참, 애썼네

장하다 우리 딸!

김춘남

오늘은 문해학교 입학하는 날
엄마 생각이 많이 났어요

우리 아들 입학식 때 손잡고 갔던 학교를
엄마도 없이 나 혼자 갔어요

장하다 우리 딸! 학교를 가다니
하늘나라 계신 엄마 오늘도 많이 울었을 낀데

엄마! 울지 마세요
춘남이 공부 잘하겠습니다

엄마가 살아 계셨더라면
서명도 못 하냐고 무시하던 택배 아저씨도
이름도 못 쓰냐고 눈 흘기던 은행 아가씨도
우리 엄마한테 혼났을 낀데

언젠가 하늘나라 입학하는 날
내가 쓴 일기장 펴놓고
동화책보다 재미있게 읽어드릴게요

어젯밤 얼마나 뒤척였을까요. 밤이 얼마나 길었을까요. 오늘 아침 내가 왜 이러지, 내가 왜 이리 허둥대지. 연필과 공책을 챙길 때 얼마나 떨렸을까요. 얼마나 수많은 생각이 얽히고설 켰을까요. 살아온 날들 그 구석구석들이 얼마나 눈보라처럼 휘몰아쳐 왔을까요.

내가 지금 왜 이런다냐, 이게 뭔 일이다냐. 아침저녁으로 보던 산천이 왜 이리 낯설다냐. "엄마, 엄마!" 떨리는 목소리로 엄 마를 부르며 "엄마! 나 장하지. 춘남이 공부 잘할게요."

어제와 다른 오늘이, 이런 날이 내게 있다니.

살다 보니 별일도 다 있다.

> 김춘남 님은 함양군 안의중학교 성인문해학교에서 글을 배우셨다.

사십 년 전 편지

조남순

사십 년 전 내 아들
군대에서 보낸 편지
언젠가는 읽고 싶어
싸움하듯 글 배웠다

뜨는 해 저무는 하루
수없이 흐르고 흘러
뒤늦게 배운 한글 공부
장롱 문을 열어본다

사십 년을 넣어둔
눈물바람 손에 들고
떨리는 가슴으로
이제야 펼쳐본다

콧물 눈물
비 오듯 쏟아내며
사십 년 전으로 돌아간다

어머니, 어머니, 우리들의 어머니 장롱 속에는 무엇이 들어 있을까요? 어머니 장롱 속에는 어떤 슬픔이 쌓여 있을까요? 어느 날 그 장롱 속에 바람이, 햇살이 들이칠까요? 눈물이 가득 고인 우리 어머니 장롱 속.

> 조남순 님은 울산푸른학교에서 글을 배우셨다.

아버지 생각

박기화

단발머리 까만 교복 하얀 에리 제쳐입고
아침 일찍 종종걸음 학교 가는 아이들
담장 너머 그 모습이 너무나도 부러워서
꼴망태 둘러메고 눈물콧물 흘렸어요

농사일로 고생하는 부모님이 안쓰러워
말 한마디 못해보고 논일 밭일 일만 하다
연로하신 아버지께 뒤늦게서 원망하니
마음 아파 슬피 울던 울 아버지 생각나네

그렇게도 메고 싶던 그 책보는 아니지만
더 좋은 가방 메고 문해학교 다니면서
평생 쌓인 한을 풀며 새 인생을 시작하니
하늘 계신 아버지가 새록새록 그리워요

저는 아직도 '칼라'를 '에리'라고 합니다. '에리'는 일본말입니다. '에리'가 달린 새하얀 상의에 검정 치마를 입고, 까만 구두에 가방을 든 여학생 복장은 중학교를 가지 못한 또래 소녀들에게는 꿈같은 복장이었습니다. 부러움과 선망의 복장이었습니다. 그때 그 복장은 아니더라도 학교 가시는 어르신들의 설레는 마음이 선명하게 그려진 시입니다.

학교! 공부! 가방! 선생님! 책상! 의자! 책! 공책! 연필!

동무들을 만나러 가방 메고 씩씩하게 학교에 가시는 우리 어머니 여러분! 화이팅!

> 박기화 님은 대전평생학습관에서 글을 배우셨다.

영감님께 보내고 싶은 편지

이경례

서방님이라 부르기도 부끄럽던 새색시 시절
세상을 떠난 당신께
편지 한 장 고이 적어 보내고 싶었습니다

혼자 남겨진 세상살이 어찌 살아왔는지
적어 보내야지, 보내야지 하다가
여든다섯이 되었습니다

사진 속 당신은 늘 청년인데
나는 어느새 당신을 영감이라고 부릅니다

늦깎이 공부를 하니
어깨 너머로 배운 글이 많이 서툽니다

열심히 공부해서
정갈한 편지 한 장 써 보내겠습니다

"사진 속 당신은 늘 청년인데 / 나는 어느새 당신을 영감이라고 부릅니다." 이 구절에 한 사람의 인생이 실려 있습니다. 무거워서 들 수 없는 세월이 들어 있습니다. 그 무거운 인생을 들고, 지고, 이고 여기까지 오셨습니다. 그 무게를 누가 짐작이나 하겠습니까? 여든다섯이라는 나이가 느껴지지 않는 깨끗한 마음이, 그 순결한 마음이 여기 이 글에 고스란히 담겼습니다.

똑똑한 글씨로 또박또박 써보세요. '사랑하는 나의 서방님'이라고. 세월이, 그 많은 세월의 무게가 날개를 달고 날아오를 것입니다. 사랑하는 서방님이 웃고 계실 저세상까지 날아갈 것입니다.

> 이경례 님은 군산시 늘푸른학교에서 글을 배우셨다.

나의 꿈
이분녀

어릴 적 나의 꿈은
남의집살이 안 하고
배불리 밥 먹는 것이었네

젊은 때 나의 꿈은
새벽부터 일어나 밭일하며
자식새끼 배불리 밥 먹이고
학교 내 힘으로 보내는 것이었다

지금의 내 꿈은
삐뚤거리는 글씨로
죽은 남편 묘 위에
'고맙다'는 글 한번 써서
그리운 남편 옆에서 잠드는 것이라네

시를 읽어갈수록 눈시울이 뜨거워지고 눈물이 고입니다. 어머니, 어머니, 우리들의 어머니라고 부릅니다. 손을 잡고 싶습니다. 이 세상 어떤 시들이 어머니들 시 같겠습니까? 어떤 시인들이 이렇게 쉽게, 살아온 세월을 구구절절 노래했습니까? 시를 누가 시라고 했습니까?

"고맙다"는 그 말 한마디가 이렇게 가슴을 울릴 줄을 어찌 우리가 알았겠습니까? 고마움이 무엇인지, 고마움이 어떤 것인지, 이분녀 시인님은 우리에게 가르쳐주었습니다. 좋은 글로 삶의 고마움을 일깨워주셔서 정말 고맙습니다 어머니!

> 이분녀 님은 삼척시 평생학습관에서 글을 배우셨다.

꿈꾸는 새색시

박복순

어린 나이에 시집을 와
꿈이란 말도 모르고 살았다
그저 히히낙낙
아이들과 남편만을 바라보고
밥하고 설거지하고
살림만이 나의 전부였다
꽃다운 서른 나이에
훌쩍 가버린 당신
애들이나 다 키우고 가지
원망도 많이 했지만
이젠 당신이 보고 싶습니다
보고픔 대신 시작한 한글 공부
이제 시작하지만
열여덟 꿈꾸는 새색시 모양
설레임은 어쩔 수 없다

나이 들었다고, 사랑마저 나이 들어 시든 것은 아닙니다. 사랑은 순정이어서, 사랑은 순결이어서, 우리 가슴속에 영원히 살아 있습니다. 설레는 일은, 그 사랑을 누군가가 건드려주는 일입니다. 잠자고 있다가, 어딘가에 숨어 있다가, 누군가가 찾아주어서 다시 봄바람이 부는 일입니다. 사랑을 살려내는 것입니다. 그래서 살랑살랑 설레지요. 그 설레는 마음을 이렇게 써보았군요. 사랑은 그리하여 사라지지 않습니다.

열여덟 새색시의 설렘이 묻어나는 시입니다. 우리 모두 다시, 새롭게 설레는 어느 봄날 같은 시입니다.

> 박복순 님은 남원시 평생학습관에서 글을 배우셨다.

따뜻한 한글

임남순

어려서 몰래 공민학교에 갔다가
받아온 입학원서에
친정어머니는 여자가 무슨 공부냐고
호미를 들고 쫓아와서 그만뒀다

까막눈으로 결혼해 시부모님에 아홉 식구
시어머니 병수발 10년
시아버지 병수발 또 10년

이제야 99세 친정어머니와 함께 살며
공부하러 다닌다
어려서 호미 들고 말리던 어머니는
학교 늦겠다며 설거지는 내가 할 테니
얼른 공부하러 학교 가라 하신다

힘들고 지쳐 포기하고 싶었던 날들
돌아보면 외롭고 쓸쓸했던 나의 삶을
한글이 위로해주었다

한 글자 한 글자 배울 때마다
고생했다 장하다 따스하게 어루만져주었다
한글 공부로 인해 달라진 나
움츠렸던 어깨도 펴주었다

누가 이 나이에 이런 가슴 벅찬 행복을 가져다줄까!
참 따뜻한 한글이다

호미 들고 학교 못 가게 말리던 손이 살아 계시네요. 그 손이 따듯한 손이 되어 어깨를 주물러주고 뭉친 어깨를 풀어주어 다행입니다. 한 손에 호미 들고 학교 못 가게 말리던 손은 또 얼마나 가슴이 아팠을까요. 다 풀렸네요. 돌아보면 외롭고 쓸쓸했던 날들을 쓰다듬는 손은 우리들의 아픔과 슬픔을 달래는 손입니다.

그림 같은 두 분의 모습은 인간의 희망을 그려주는 한 장의 위대한 그림입니다. 그 그림 속에는 인간이 있습니다. 우리들에게 보내는 따듯한 위로입니다.

> 임남순 님은 평택시민아카데미 상록수학교에서 글을 배우셨다.

손자 선생님

배영순

복지관에서 배운 한글을 복습할 때
손자 녀석 지가 선생님이고
나를 학생이라고 받아쓰기를 시킨다
좀 더 나은 점수를 받기 위해
'호' 자를 쓸 때 '오' 위에
혹이 있나 없나를 물어보고
'설' 자 적을 때는 서울이라는
'서' 자 밑에 꼬불꼬불한 것 붙니?
하고 물어보면 손자 녀석은
손뼉 치고 웃으면서
며느리한테 고자질하러 간다
그 대답만 해주면
난 백 점 받을 수 있었을 텐데……
고약한 녀석!

손뼉 치고 웃으면서 달려가는 손자가 눈에 선합니다. 손뼉 치고 웃으면서 달려가는 손자를 바라보고 있는 할머니의 행복한 모습이 따뜻한 봄날의 햇볕 같고, 찬란한 가을의 시골 마당 같아요. 흐뭇해요. 편안하고 평화로워요. 그리고 행복해요.

> 배영순 님은 창원성산종합사회복지관에서 글을 배우셨다.

무서운 손자

강춘자

어릴 적
할머니 다리에 누워
옛날 얘기를 들으며
잠이 들곤 했었는데
우리 손주는
책을 가져와
읽어달라고 하니
무서워 죽겠다
말로 하는 이야기라면
손으로 하는 음식이라면
손주놈이 해달라는 대로
해줄 수 있으련만
달려가 보듬어 안고파도
손주놈 손에 들린
동화책이 무서워
부엌에서 나가질 못한다

정말 무서웠을 것 같아요. 겁이 났을 것 같아요. 앞이 캄캄했을 것 같아요. 이제 무섭지 않겠지요. 이렇게 좋은 시를 쓸 수 있으니 책도 술술 읽을 수 있겠지요. 아는 것이 힘이 되어 그 무서운 것을 물리쳤네요.

> 강춘자 님은 여수시 용주문해교실에서 글을 배우셨다.

나의 보물, 동백나무 한 그루

조매현

우리 집 앞마당에 동백나무 한 그루
남편이 시장에서 사오신 동백나무
심은 지 2년이 되던 해 먼 세상으로 가버렸다
그 동백나무는 무럭무럭 잘 자랐고
그 이듬해부터 해마다 꽃이
탐스럽게 피어 내가 아침마다
쓰다듬으며 칭찬도 했다

지난겨울이 얼마나 추웠는지
잎이 얼어버렸다
그것을 본 내 마음은
남편을 두 번 잃은 것 같았다
다음해 끝순에서 새싹이 돋아나
얼마나 반가웠는지 눈물이 났다
남편이 선물한 나무 한 그루가
나에게는 아주 소중한 보물이다

비가 오는 어느 날, 아내가 방에 누워 어머니에게 제 시를 읽어
드리고 있었습니다. 아내가 "길가에 풀꽃 하나만 봐도 / 그대
와 이어지던 날들과"를 읽을 때 어머니가 그러셨어요.
"가만, 가만. 거기가 좋다이. 내 이야기다. 네 시아버지 돌아가
시고 나서 강 건너 밭가의 감나무만 봐도 나는 네 시아버지가
생각나 밭가에 주저앉아 울곤 했단다."
그러면서 어머니는 아버지와 살아온 이야기를 하셨지요. 마루
끝에 앉아 그 이야기를 엿듣고 있던 저는 가만가만 강으로 걸
어갔습니다. 사무쳐오는 그리움들이 우리 가슴속에서 숨을 쉬
고 있습니다. 이 시는 그런 시입니다.

> 조매현 님은 강릉시 평생학습관에서 글을 배우셨다.

할미 꿈

김 생 엽

아주 까막눈 때는
공부가 꿈이엇는디
인자 쪼매 눈뜨니
애미 업는 손자 고등학교
마칠 때까지 사능기 꿈이요
내 나이 칠십다섯잉께
얼마나 더 살랑가 몰라도
우짜등가 즈그 앞가름까지
잘 거더 매기고 다부지게 살 거시요
그것시 이 할미 꿈이요

당차고 거침이 없습니다. "잘 거더 매기고 다부지게" 사시네요. 원망도, 설움도, 괴로움도 비켜가겠네요. 시가 무엇입니까? 사람 사는 이야기이고, 사람들에게 용기와 희망을 주고, 사람답게 살자고 하는 말 아닙니까? 사는 게 힘들어 죽겠다고 엄살 부리는 사람들을 부끄럽게 하는 시입니다.

'할미의 꿈'이야말로 우리의 꿈 아닐까요?

> 김생엽 님은 부산 성지문화원에서 글을 배우셨다.

새 인생

이명순

세월이 너무 잘 가요

팔남매 맞지 시접살리*

너무 고달펏다

부모 복도 모 타고 나서

글 모 배운기 원통다

나가 너무 드러** 머리가 둔해

하고 접은 공부도 안 데요

내가 쓴 글 큰아들이

영감님 제사상에 올리따

영감도 잘해다겟지

조은 세상에 더 마니

배우고 시퍼요

* 팔남매 맏이 시집살이
** 나이가 너무 들어

이 세상에서
가장 아름답고, 슬프고,
기쁘고, 행복한 제사상입니다.
제사상 앞에 나란히 선
식구들 모습이 환합니다.

> 이명순 님은 합천군 찾아가는 성인문해교실에서 글을 배우셨다.

새가 된 당신

이순례

창가에 아른거리는 단풍잎 사이로
이름 모를 새 한 마리가
빈 화분에 앉아
나를 보고 쩍쩍 꼬리를 흔든다
그런데 왜 갑자기 눈물이 날까
어쩌면 하늘나라 그이가 새가 되어
"공부하기 힘들지?"
나를 위로하러 온 것 같다

말만 하던 내가 공부를 해서
이제는 읽을 줄 알고
이제는 쓸 수도 있고
마음으로 웃을 수 있다고 생각하니
새가 된 당신이 더 보고 싶습니다
공부는 당신이
내게 준 마지막 선물이라고 생각해요
정말로 제일로 고맙습니다

"단풍잎 사이"에 누가 있는지 저는 다 안답니다. 그 환한 틈으로 바람이 오고, 비가 오고, 눈이 내리지요. 그 사이에 새가 된 임이 있습니다. 그 사이에는 없는 것이 없습니다. 새가 된 당신이 그 모든 것들을 다 가져다 보여줍니다. 지금 그이가 당신의 모습을 단풍잎 사이로 보고 있을 것입니다. 그리운 당신이……

> 이순례 님은 세종시교육연구원 성인문해교실에서 글을 배우셨다.

희망

김옥희

다리가 불편한 장애에
글자를 못 배운 절망까지 안고
세상과 멀어져만 살았다
학교 가는 날
힘겨운 다리로 오르는 삼층 계단이
하늘같이 높아 보여도
오르는 걸음걸음이
열두 번 멈칫거려도
공부하고 싶은 마음 안고
교실 문을 들어선다

오십구 년 만에 학교도 처음
선생님도 처음 글도 처음
얼마 전 다녀온 소풍도 처음이다
공부하며 배운 것들 일기장에 담아
나를 키우느라 마음 아파했을
하늘나라 엄마에게 들려줘야지
이제는 희망뿐이다

힘내세요.

힘을 내세요.

힘든 계단을 오르는

당신이 우리들의 희망입니다.

희망이란, 한 계단 한 계단 올라

아까보다 한 계단 높은 곳에 와 있고,

한 계단 올라 지금과는 또 다른

계단에 서서 세상을 보는 것입니다.

힘을 내어 한 계단 오른 당신,

우리들의 희망입니다.

> 김옥회 님은 울산푸른학교에서 글을 배우셨다.

참 보고 싶다

허양순

나는 음식 만드는 것을 좋아한다
살아생전 내 남편에게
음식을 해 주면
"참 맛있네" 했다
겉으로는 "참" 자는 빼고 말하라고 했지만
속마음은 나도 참 기뻤다

나를 언제나 다독이고
살뜰히 챙겼던 정진이 아빠
꿈에라도 한 번 만나
참 맛있는 음식 싸 들고
우리 두 손 꼭 잡고 멀리 놀러 가요

이번에 만나면
내가 배운 한글로
편지 써서 줄 테니 꿈에라도
한 번 놀러 와요

"두 손 꼭 잡고 멀리 놀러 가요."

멀리 가요. 그냥 멀리요. 아무도 안 보는 곳, 그곳으로. 그러니 꿈에라도 한 번 놀러 와요. 내 편지 읽어드릴게요. 아무도 안 보는 먼 곳이니 당신을 바라보며 내가 이렇게 읽어드릴게요.

"사랑해요."

그러면 내 손 잡고 나를 안아주세요. 그리고 이렇게 말해주세요.

"사느라고 참, 애썼네."

› 허양순 님은 광주 첨단종합사회복지관에서 글을 배우셨다.

듣고 싶다
배정동

아들이
손자가
웃고 있다
크게 입 벌리고
웃고 있다

어떤 소리일까
산보다 큰 소리일까
꽃보다 예쁜 소리일까
듣고 싶다
웃음소리

마음이 티 하나 없는 가을 하늘 같아요. 어디 한 군데 나무랄 데 없는 글입니다. 맑고 고운 마음이 맑고 고운 소리를 듣습니다. 소리란 듣기만 하는 것이 아니라 마음속에 아름다운 그림을 그려주기도 하네요. 마음을 들여다보게 하는 좋은 시입니다.
배정동 시인님,
우리들에게 마음을 찾게 해주셔서 고맙습니다.

> 배정동 님은 대구청각언어장애인복지관에서 글을 배우셨다.

감사해요 희망학교

조미정

나는 지적 장애를 가진 45살 아이 엄마이다
평생 무시와 간난과 불편함 속에 살았다
21살에 엄마를 잃고 우울증이 심해 죽음을 생각했다
그러나 33살 식각장애인* 남편을 만나 결혼을 했다
결혼 후 3년 만에 하나밖에 없는 윤정이가 태어났다
이때가 내 인생의 가장 행복한 순간이었다 부부가 장애다
보니 우리 아이도 지적 장애로 태어났지만 그래도 괜찮다
그러다 작년 겨울에 인실이를 통해 한글교실에 왔다
내 아이 윤정이를 가르쳐주기 위해 왔는데 이제는
내가 너무나 행복하게 수업을 받고 있다 배울 수 있고
행복을 갖다 준 희망학교에 감사합니다.

* 시각장애인

이런 글을 쓴 조미정 님은 진짜 시인입니다. 더 무슨 말을 보태겠습니까. 이 시집을 읽어가며 저는 내내 제가 사는 것이, 제가 글을 쓰는 것이 부끄러웠습니다. 너무 한갓진 글을 쓰고 있구나, 너무 같잖은 소리를 하고 있구나, 너무 쉽게 글을 쓰고 있구나, 살려면 멀었다, 글을 쓰려면 멀었다는 생각들로 잠을 못이루고 뒤척이곤 했습니다. 글을 쓴답시고, 시를 쓴답시고, 제가 얼마나 시건방을 떨었는지 알게 되었습니다.

여러분은 우리 시대의 선생님들입니다. 선생이란, 시인이란, 때로는 매를 들고 헛소리하는 사람들을 꾸짖는 사람입니다. 조미정 시인님처럼요.

> 조미정 님은 영월군 희망영월학교에서 글을 배우셨다.

"……"
이 맹연

낙엽 떨어지던 가을
그해 가을은
잊을 수가 없습니다

한 글자 한 글자
배우고 익혀
처음으로
막내한테 문자를
써 보냈습니다

문자를 받아본 아들이
전화해 왔습니다
"……"

아들은 목이 메어 말을 못하고
나도 덩달아
목이 멥니다

눈시울이 붉어지네요.
가슴이 먹먹해지네요.
글을 쓰다가 밖에 나가
맑은 하늘을 올려다보았습니다.
………….

> 이맹연 님은 충청남도 남부평생학습관에서 글을 배우셨다.

70년 만에 보내는 편지

박순덕

창문을 여는 것과 나가는 것이 다르듯
바다를 바라보는 것과 헤엄치는 것이 다르듯
아버지 뒤를 따라 엄마를 찾아 외가에 간 날
가슴을 내주지 않고 부지깽이로 때리던 엄마를
일주일 짧은 해로 후 60년 만에 백골로 만났다

주소도 몰랐고 버스를 탈 줄도 몰랐다
편지를 쓸 줄도 보낼 줄도 몰랐다
외면하고 내치는 엄마의 마음도 몰랐다
내쳐진 1년 남짓 엄마의 부고를 들었다
장례식장에 갈 줄도 가야 하는지도 몰랐다

글을 배워 차를 타고 70이 넘어 찾아간 엄마는
바닷가 옆 넓은 차로 가의 쓰레기 더미 옆에
무덤인지도 모르게 납작해진 그곳에 있었다
나를 서럽게 했지만 화장하고 산에 뿌리며
준비해간 편지를 읽었다 피눈물이 흘렀다

보아라!

이것이 인생이다.

> 박순덕 님은 이천시 관고동 주민자치학습센터에서 글을 배우셨다.

영감 보고 있소?

김금준

못 배워서 받은 설움 어찌 말로 다 할까
그중에서 우리 영감한테 받은 설움
지금도 잊지 못하네

내가 못 배운 것을 알고는
성질만 나면 날 보고 은행에 가서
돈 찾아오라고 시켰지

그러면 나는 은행에 가서 땀을 쩔쩔 흘리며
2시간 동안 시간을 보내다가 집에 오곤 했지

글 모르는 죄로 남편에게 대들지도 못하고
울기만 하며 평생 살았네

하얀 종이에 글씨 써보는 게 소원이었는데
이제는 글을 배워 은행 가는 것은
일도 아니라네

지금 영감이 살아 있다면
떵떵거리며 자랑을 할 텐데……
영감, 하늘나라에서 보고 있소?
이제는 나 무시하지 마소
이제는 글도 척척 쓰고
은행은 한숨에 갔다 온다오!

이 책에는 영감님 제사상에 글을 써서 올렸다는 시가 몇 편 있습니다. 김금준 시인님도 영감님 다음 제사 때 상에 올려놓으세요. 그리고 이렇게 말씀하세요.

"이제 나도 시인이에요."

> 김금준 님은 서울 관악구평생학습관 세종글방에서 글을 배우셨다.

라일락 향기 담아

서순자

결혼할 때 중매쟁이 중학교 나왔다고
거짓말하고 한 결혼
"어디 중학 나왔소?"
하고 물었을 때
내 가슴 꿍 하고 내려앉았죠

글을 몰라 움처려들고
작아지는 내 모습
군대 간 아들한테
편지 한 장 못 쓰고 눈물 흘릴 때
"그 시대는 다 그랬다오!" 위로해 주었지요
한글은 몰라도 우리는 참 행복했죠

당신 떠난 빈자리 허전해
시작한 한글 공부
내 눈가를 간지러주는 ㄱ, ㄴ, ㄷ, ㄹ
지금은 당신께 편지도 쓸 수 있어요

한글은 내게
라일락 향기 담아 띄워 보내는
당신 향한 마음의 시작입니다

옛날엔 그렇게 속이고들 결혼을 했지요. 지금 생각하면 참 순진하고 순박한 시절이었습니다. 웃음이 절로 나오는 흔한 일들이었습니다. 생각해보면 그때가 그립기도 합니다.

제 친구 하나도 산속에 살면서 염소 몇 마리를 키웠는데, 큰 목장을 한다 말하고 결혼을 했거든요. 그래도 다 용서가 되었지요. 친구 부인 될 사람도 전주에서 중학교를 나왔고, 양장점을 할 수 있을 만큼 옷을 잘 만든다고 했거든요. 둘은 그 깊은 산속 오두막집에서 잘 살았답니다.

> 서순자 님은 양산시 웅상종합사회복지관에서 글을 배우셨다.

첫 답장

박순자

부엌 문에 붙어 있는 쪽지
고이 접어 일터로 가져갔다

옆 친구에게 읽어달라 하니
"어머님! 오늘도 수고하세요
사랑합니다!"란다

며느리의 사랑 읽고 싶어서
난 오늘도 학교에 간다

내일은 나도 쪽지 붙여볼란다
"며늘아, 너도 수고하렴
그리고 사랑해"라고……

글을 처음 배운 분들이 쓴 시를 읽다 보면 글자를 알고 나니 참 별일이 다 있구나, 하는 생각이 절로 들어요. 그러고 보면 글을 아는 것은 세상에 별일을 만드는 일이고, 별일이 생기는 일이고, 별일을 다 해결하게 되는 일입니다.

글을 쓴다는 것은 자기 생각을 표현하여 서로의 마음을 아는 일입니다. 그러니까 글은 내 마음을 쓰는 일이고, 시는 마음을 그리는 일이지요. 내 마음을 그려서 사람들에게 보여주세요. 이렇게 말이에요.

"며늘아, 너도 수고하렴 그리고 사랑해."

> 박순자 님은 하남시 하남모범평생교육센터에서 글을 배우셨다.

사랑해 말한 날

이순자

가족에게 사랑해라고 말하기 숙제
내 평생 사랑한다 말을 안 하고 살아서
이 나이에 쑥서러 어떻게 말해
숙제를 하기는 해야겠는데
남편 눈치만 보고 있다가
밥상 들어주는 남편에게
때다 싶어
고마워요 사랑해요
말해버렸다
나는 얼굴이 빨개졌는데
당신 무슨 일 있나 하고
남편이 웃고 있었다
밥맛이 씹을수록 좋다
어쩔겨
이제 시작해버렸으니
매일 사랑해요라고 말해야지

사랑한다는 말은 안 해도 많이 사랑했습니다. 사랑한다는 말을 안 하고 살았어도 충분히 사랑했습니다. 이제 사랑한다는 고백이 우리를 울립니다. 우리의 막힌 가슴을 뚫어줍니다.

그래요. 사랑해요. 사랑합니다. 당신을 우리가 사랑합니다. 사랑한다 말하고 얼굴 붉히는 그 순정을 우리가 사랑합니다. 그 아름다운 말이 세상에 태어나 처음 듣는 말 같습니다.

사랑해요, 당신.

> 이순자 님은 부산 남광종합사회복지관에서 글을 배우셨다.

엄마의 웃음

고예순

학교는 아들만 다니는 거라고
그때는 그게 좋았지
동생은 학교 가구 난 집에서 놀아쓰니까

언잰가 동생이 책을 보며 공부를 하네
까만 글씨 먼지 몰라도
하나씩 읽고 있으니 엄마는 동생 보며 웃네
나는 엄마 보며 웃는대 엄마는 동생만 보네

모두 잠든 밤
동생 가방에서 책을 꺼냈다 조심조심
까만 글씨만 보인다
에이! 아무것도 모르겠네

나는 이재 경노당 학교에 감니다
그때 책에 있던 글씨가
'ㄱ'이라는 걸 학교에서 배운다

나도 이재 책 읽을 수 있는대
책 읽는 내 모습 보고
우리 엄마가
하늘에서 날 보며 웃고 게시겠지?

“나는 엄마 보며 웃는대 엄마는 동생만 보네.”

이 대목에서 그만 목이 멥니다. 아들이 아닌 딸이라서 못 먹고 못 배운 우리 어머니들이 얼마나 많았던가요. 그 어머니들이 살아오신 세월을 우리가 짐작이나 할 수 있을까요.

고예순 시인님, 하늘에 계신 엄마가 책 읽는 딸을 보며 얼마나 대견하실까요. 딸을 보며 방긋 웃고 계실 거예요. 꼭 그러실 거예요. 그런 사람이 엄마니까요.

> 고예순 님은 음성군 문해교실에서 글을 배우셨다.

우리는 1학년
박점순

눈 뜨면
세 살 먹은 손주 녀석
먹이고 씻기고 옛날이야기 하고
이것이 전부더니

네 살 다섯 살 먹더니
자꾸만 뭣을 물어싼다
"왜요?" "왜 그러는데요"
"할머니, 동화책 읽어주세요"
"……"

아이고야
다섯 살 먹은 손주 녀석도 읽는
동화책 한 권을
바라보다
침만 꿀떡
땀이 삐질삐질 흐른다

그래서

댕기기 시작한 글자 공부

손주는 학교로

나는 도서관으로

우리는 1학년이랍니다

나란히 공부하러 가는 할머니와 손자의 모습이 그려져서 기분이 그냥 좋아지는 시입니다. 손자가 들고 온 동화책 한 권을 앞에 놓고 "침만 꿀떡 땀이 삐질삐질" 흐르는 할머니. 그 모습이 짠하면서 표현이 하도 생생해 제가 다 진땀이 날 것만 같습니다. 하하하!

> 박점순 님은 화순군 화순공공도서관 문해교실에서 글을 배우셨다.

어제와 다른 오늘에 마음이 설레는 시 ————————————————

2부　　　　　　　　　　　창밖에 글자들이 춤춘다

내 눈이 바빠졌습니다
양소환

평생 부끄럽고 슬픔 속에 살아왔어요
나가면 수많은 글자와 숫자가 보였으나
눈길을 돌리고 고개를 숙이고 살았어요

팔십 나이 넘어 새 세상을 만났어요
눈이 열리니 마음이 기뻐지고
간판도 버스도 묻지 않고 탈 수 있고
고개를 들고 살피니 내 눈이 바빠졌어요

몇칠 전 팔십 언니에게 편지를 보냈더니
깜짝 놀라서 "언제 이렇게 배웠는냐"
북바치는 설어움과 기쁨에
서로 울면서 전화기를 놓지 못했습니다

나이가 너무 억울합니다
초등 검정고시 합격이 나의 꿈입니다
그렇려면 내 눈이 더 바빠지겠지요

연세가 팔순이시네요. 세상에, 팔순이시네요. 공부가 희망이 되었습니다. 이 시를 읽고 있으면 세상에 늦은 건 없다는 생각을 하게 됩니다. 늦은 게 아니라 늦었다고 포기하고, 지금 살아있는데 다 살았다고, 늦었다고 시작을 안 하는 것이지요. 제가 사는 것이 부끄럽네요. 우리에게 부끄러움을 가르쳐주는 시네요. 공부란 부끄러움을 가르쳐주는 것임을 이제야 알겠습니다. 어머니, 이제 저도 눈을 바쁘게 하겠습니다.

> 양소환 님은 경주시 한림야간중고등학교 부설 한림문해학교에서 글을 배우셨다.

내 인생의 시작

임화자

어린 시절 글을 못 배운 나는
이 세상에 이름 없는 사람으로 살았다

나는 이양복 씨 아내다
나는 상현이 엄마다
나는 유림이 할머니다
나는 지경집 며느리다

일평생 그런 사람으로
살아가는 것인 줄 알고 있었는대
강릉시 문화센터에 공부하러 다니면서
알게 되었다

선생님이 내 이름 불러주고
친구들이 내 이름 불러주고
출석부에 내 손으로 이름을 쓰니
나도 이름 있는 사람이 되었다

아름다운 내 이름을 찾았다
내 나이 70에 새 인생을 시작했다

일흔이든, 여든이든, 아흔이든, 일곱 살이든, 공부가 희망이 됩니다. 희망이란 바라는 바가 아닙니다. 되고 싶은 것이 아닙니다. 이루고 싶은 것이 아닙니다. 희망이란 내가 생각지도 않은 어떤 일이 이루어지는 것입니다. 공부가 그렇습니다. 한 줄 글을 쓰고 났더니 나도 모르는 세상에 가 있는 것이 희망입니다. 나도 알지 못했던 희망을 가져오는 것이 희망입니다.

글자를 배웠더니 내 이름을 다시 찾게 되었습니다. 글을 배워 내 이름을 찾게 될 줄을 어떻게 알았겠어요. 공부란 나도 모르는 세상을 알게 되고, 나도 모르는 세상을 딛는 일입니다.

> 임화자 님은 강릉시 문화센터에서 글을 배우셨다.

망태기에 담은 꿈

오옥선

어린 손자 녀석 꿈이 모냐 물었더니
할매 어젯밤 꿈 안 뀄는디
어라 이 녀석 할미를 놀리네
근디 맞는 말 같당께

글자를 뽀짝 만나니 비몽사몽 꿈인 것 같다
오래 살다 보니 이리 존 시상이* 오구만
공부를 다 공짜로 시케주다니
으째 이리 꿈같은 일이 있당가

깊어진 주름살에 평생 시름 걷어내고
한 자 한 자 고운 글 행복 담아 간직하고
행여 잊어부까 행여 잃어버릴까
등에 엉긴 망태기 속에 꼭꼭 간직한다

새하얀 머리 위에 글자꽃이 피어난다

* 좋은 세상이

신나고, 신나고, 또 신나는 일이 벌어졌습니다. 살다 보면 별일
이 다 있다는 말이 맞네요. 그래요, 살다 보면 무슨 수가 나지
요. 생각지도 않은 좋은 날이 이렇게 오잖아요.

한 자 한 자 살아 있는 망태기 속으로 저도 들어가 보고 싶네
요. 그곳에서 그 꿈이랑 놀고 싶네요. 글자가 꽃이 되다니, 세
상에 그런 꽃은 또 처음입니다. 그 꽃은 희망을 잃고, 또 잊고
사는 모두의 희망입니다. 희망이 피는 꽃입니다.

> 오옥선 님은 영암군 왕인문해학교에서 글을 배우셨다.

친구
김예순

오늘은 한글 공부 하는 날
선생님과 친구들의 웃음소리로
시끌벅적해지네

저녁을 저년이라 쓰고 호호호
참새를 촉새라 쓰고 하하하

고사리를 고살리라 쓰고 히히히
옆구리를 개구리로 쓰고 헤헤헤

너도 틀렸냐? 나도 틀렸다
우리 모두 틀렸으니 친구 맞구나

유쾌하고 신이 나요. 이 글을 읽다가 웃음이 절로 터져 방 안을 돌아다니며 웃었습니다. 글을 읽고 이렇게 웃어보기는 처음이네요. "저녁"을 "저년"이라고 할 때 저는 웃음이 터졌어요. 그런데 "모두 틀렸으니 친구"라는 글을 읽을 때는 웃음이 뚝 멈추었습니다. 이거 웃기만 할 일이 아닌 것 같아서요.

어느 날 문득 우리 모두 다 맞는 날이 오겠지요. 다 맞아서 얼굴을 마주 보고 얼싸안을 날이 오겠지요. 그러겠지요.

> 김예순 님은 진천군 옥동마을 경로당에서 글을 배우셨다.

행복

김종윤

자식들 기르며 앞만 보며 살아왔는데
나이 들어 친구들과 함께 간 노래방
글씨 모르는 걸 들킬까 봐
마이크도 한 번 잡지 못했다

이곳에 이사 와 부끄러움 던져버리고
한글 공부 시작했지
한 자 한 자 알아가니
거리의 간판 글씨가 눈에 쏙쏙

남편 칠순 잔치
마이크 들고 자신 있게 노래하며
가슴이 벅찼던 그때의 기쁨
새로 태어난 것 같은 행복 세상

우리 어머니도 글자를 몰랐습니다. 아들이 책을 쓰는 사람인데, 방 안에 책이 가득한데 읽을 수 없다니, 얼마나 답답하셨을까요. 어머니는 병원에 입원해 계시는 동안 아내에게 글자를 배웠습니다. 덕분에 책을 줄줄줄 읽을 줄은 몰라도 떠듬떠듬 읽을 수는 있게 되었지요. 어느 날, 제가 쓴 책에서 우리 마을 사람들의 이름과 마을 곳곳의 지명을 다 보시고 어머니가 말씀하셨습니다.

"하나도 안 빼놓고 다 써부렀다이."

> 김종윤 님은 경기도 광주배움터에서 글을 배우셨다.

새로운 하루의 시작

최천례

가난 때문에 딸이기 때문에
살아온 70년 까막눈에서 눈물이 난다
책을 보면 모두 검은색
답답한 가슴을 치며 부끄러워 숨는다

한글학교에서 공부를 시작한다
가나다라마바사아자차카타파하. 하하!
눈이 뜨이고 입이 열렸다

이제는 책을 펴면
꽃이란 글자에서 향기가 나고
나무라는 글자에서 가지가 뻗고
행복이란 글자에서 웃음이 핀다

책을 보면
새로운 하루의 무지개가 떠오른다

눈이 뜨이고 입이 열리면
나무가 가지를 뻗는군요.
바람과 햇살이 찾아오고,
새들이 찾아와서 세상으로 뻗어가는
새잎 피는 나뭇가지.
그 나뭇가지에 앉아 새가 울겠습니다.

> 최천례 님은 대구 행복한학교에서 글을 배우셨다.

전화번호부

유점례

우리 집 방 안에
외로운 책 한 권
전화번호부
쓰임은
냄비 받침
뚝배기 받침

어느 날
손에 쥔
한글 공부 책
친구 되어
나란히
걷게 되었네
내팽개친 받침은
새로 태어나
자식들과
소통하는
길이 되었네

와아! 감탄이 절로 나오네요. 그렇지요. 냄비받침으로 쓰이던 전화번호부가 정말로 전화번호부가 되었네요. 제자리를 찾고, 제 이름을 찾았네요. 그러고 보면 공부는 제자리를 찾아주고, 제자리를 찾아가고, 제자리에 앉고, 제자리에 서는 일임을 이제 알겠네요. 정치하는 사람들, 나랏일하는 사람들! 이 글 보고 정신 차려 제자리에서 자기 할 일 똑똑히 하면 좋겠네요.

> 유점례 님은 단양군 평생학습센터 심곡학습장에서 글을 배우셨다.

때늦은 공부

김용녀

여든하나
난생처음 글로 써보는 내 나이
어릴 적 공부도 못하면서
월사금만 가져간다고
큰오빠가 책을 홀라당
불구덩이에 던져버릴 땐
그렇게 기분이 좋았는데

서른아홉에 혼자되어 아들 셋 키워보니
공부 안 한 후회가 밀물처럼 밀려왔네
벌어먹고 사느라 공부는 엄두도 못 내고
이 늙은 나이에 한 자라도 배워
동네 식당 간판이라도 읽고 싶어
시작한 때늦은 공부

어느 날
'송강'이라는 간판을 읽고 있는
나에게 깜짝 놀라 소리를 지르고

벽에 붙은 한글이랑 구구단도
눈에 환히 들어온다

이제는 아들에게 편지를 쓰고 싶어
오늘도 여덟 칸 공책에다
침 묻힌 몽당연필로 아들 이름 동네 이름
꾹꾹 눌러 써본다

김용녀 시인님, 저에게 편지 써주시면 제 시집을 한 권 보내드
리겠습니다. 제 주소는 이 책을 만든 출판사에 물어보시면 됩
니다. 꼭 편지 보내주세요.

> 김용녀 님은 사단법인 모두사랑에서 글을 배우셨다.

눈 감으면
박 옥 남

눈을 감으면
어린 옥남이가 떠오른다
가난한 부모님
기성회비
학교
눈물
모두 서럽다

이제는 눈을 감지 않는다
아니
감을 수가 없다
깨알 같은 글자가
내 눈 속에 떡하니 자리하고 있기 때문이다

눈을 감으면 오늘 배운 글들이
머릿속에서 자꾸 숨박꼭질한다
그러다 영영 숨어버릴까 눈을 안 감는다

서러움 많던 어린 옥남이는
이제 글밭을 찾는다
언젠가 글꽃이 피길 바라며……

이 시에 무슨 말을 더 보탤까요. 이 시에 대해 무어라고 말을
할까요. 어느 누가 이 시에 대해 이러네 저러네 말을 보탤 수
있을까요. 옥남 님, 아니 옥남 씨, 아니 우리들의 박옥남 시인
님, 화이팅!!! 아니, 우리나라 대한민국 만세!!!

> 박옥남 님은 울산시민학교에서 글을 배우셨다.

한글이란 치료제

유형임

한글은 심장약이다
갑갑한 가슴
답답한 가슴을
숨 쉬게 해주기 때문이다
한글은 안약이다
침침한 눈
안 보이는 눈을
보이게 해주기 때문이다
한글은 관절염 약이다
손마디가 비틀어져
쑤시다가 연필을 잡으면
안 아프게 해준다
앉았다가도 일어서기
싫은 나이
팔십하고도 셋의 나이에
한글은 치료제다

기분이 좋아집니다. 웃음이 절로 나옵니다. 아내를 불러 이 시를 좀 보라고 했습니다. 아내가 시를 읽고 나더니 말합니다.

"이 어머니에게 당장 전화해야겠어요. 내 아픈 허리 낫게 해주는 약 좀 보내달라고요."

세상에나! 정말 신이 나는 약입니다. 어머니들이 다 가지고 있는 병을 낫게 해주는 약. 심장약, 안약, 관절염약…… 온갖 약이 다 있네요. 와아아아! 모든 아픔이 다 사라지는 약 팝니다. 약 사 가세요. 이 글이 약입니다. 약!

> 유형임 님은 광주 첨단종합사회복지관에서 글을 배우셨다.

별

여현정

어릴 적 나의 모습 속에는
검정 고무신
꼴망태만 기억에 남아 있다
학교 가고 싶은 생각이 들 때마다
뒷산 바위에 앉아 엉엉 울기도 했다
우는 나에게 어머니는 매를 들었다

그렇게 시간이 흘러
오십이 넘어 소원이었던 공부를 하게 되었다

처음 자전거 타고 학교에 왔을 때
학교는 하늘에 있는 별같이 보였다
출석을 부르는 선생님은
제일 예쁜 꽃을 보는 것 같았고
부끄럼 없이 살아온 나에게
학교라는 선물은 나를 더 빛나게 한다

선생님이 이름 불러주기를 기다리는 어머니들의 콩닥거리는 설렘이 그대로 그려지는 시입니다. 기대에 찬 얼굴들이, 반짝반짝 빛나는 모습들이 손끝에 잡힐 듯합니다. "네!" 하고 큰 소리로 대답하세요. 교실이 떠나가도록, 세상 사람들이 깜짝 놀라도록, "네에!" 하고 내가 세상에 있음을 알리세요.

> 여현정 님은 울산시민학교에서 글을 배우셨다.

나의 행복

변상철

식은 밥 한 덩이 훔쳐 먹다
하루 종일 두들겨 맞던 고아원 시절도
공부시켜주고 호적에 올려준다더니
십 년을 소처럼 일하고 매타작당하던 시절도
그냥 그렇게 사는 걸로만 알았다
나이 오십이 넘도록 글도 몰라
자격증도 못 따고
은행도 병원도 마음대로 못 갔지만
그것도 그렇게 사는 거지 싶었다
이제 조금이나마 글을 배우고 보니
남들과 말도 통하고 간판도 눈에 들어오네
글씨가 삐툴삐툴 못나도 부끄럽지 않다
요즘은 길을 걸어도 밥을 먹어도
그냥 행복하다

가슴이 먹먹해집니다. 눈시울이 붉어집니다. 글을 쓰다가 자리에서 일어나 앞산을 바라봅니다. 어찌 다 그 쓰라린 세상을 견디며 건너오셨습니까? 어찌 다 그 아픔을 딛고, 꺾어진 무릎을 다시 짚고, 다시, 또다시 우두둑거리는 뼈마디를 딛고 일어서서 여기까지 오셨습니까?

다 우리의 어버이들이셨습니다. 우리가 지금 밥술이나 먹고 큰소리치는 것은 지도자들의 힘 덕분이 아닙니다. 다 우리 어버이들의 힘이고 꿈이었습니다.

고맙고, 고맙고, 또 고맙습니다. 우리들의 변상철 시인님!

> 변상철 님은 서울 중랑구 작은사랑 태청야학에서 글을 배우셨다.

나의 인생살이

김영기

높은 산 고목처럼 살아온 내 인생
어머니의 따뜻한 사랑도 받지 못하고
남편의 사랑도 바람같이 날아갔네

글 몰라 가슴 치고 돈 없어 가슴 치고
70년 인생길 돌아보면 후회도 많아
산에 피는 진달래꽃은 예쁘기나 하지
내 얼굴의 주름은 굽이굽이 접혔네

푸른 강산 건너다 보니
세월 따라 흐르는 인생길 허무해도
기역 니은 배운 공부 내 마음에 가득하네

예쁜 것이 어디 꼭 겉모습뿐인가요? 진달래가 고운 것은, 진달래꽃일 때랍니다. 이제 글을 배워 이름을 찾고, 생각을 쓸 글공부를 했으니 '김영기'라는 이름도 새로 찾았겠지요. 올 봄에는 진달래꽃과 마주 앉아보세요. 그리고 이렇게 말해보세요.

"네가 예쁜가, 내가 예쁜가, 어디 한번 대보자."

> 김영기 님은 강릉시 여성문화센터에서 글을 배우셨다.

나는 행복한 여자

최복심

내 평생 가슴 한켠
글 못 배운 설움 알고
사위가 보내준 한글교실

동생 업고 병원 가던 날
글 몰라 눈치 보다
이리저리 치이고……

친구들은 책보 메고
까막눈은 동생 업고
처량하게 숨었네

하루하루
끼니 걱정, 방세 걱정
안 해본 일 없는데……

단 하나
글 배우는 것
못했네!

육십삼 년 처음 만난
가, 나, 다, 라
너무 좋고 감사하네!

손자 손녀 책 읽어주고
사랑 문자 주고받으니
너무 좋고 행복하네!

오늘은

그냥,

저도 행복해요.

» 최복심 님은 남원시 지자체에서 글을 배우셨다.

오, 홍천!

한미숙

눈이 있어도 볼 수 없어
혼자서는 어딜 가본 적이 없었어요

글을 배우고 익히던 중
강원도 홍천에 다녀올 일이 생겼지요

평택에서 수원, 수원에서 홍천
홍천에서도 한참을 더 들어가야 하는 곳

혼자서 잘 찾아갈 수 있을까?
길을 잃어버리고 헤매는 건 아닐까?

두근두근 방망이질하는 가슴을 누르며
천천히 글자를 보고 버스를 탔어요
드디어 눈에 들어온 '홍천시외버스터미널'

볼일을 보고 집에 돌아와 생각하니
하루가 정말 꿈만 같았지요

자신감을 안겨준 첫 나들이길
홍천을 결코 잊지 못할 거예요

짐작이 갑니다. 얼마나 두려웠을까요. 글자를 알아도, 버스 타고 먼 곳을 혼자 가면 겁이 납니다. 지금 가는 곳이 내가 가려고 하는 곳이 맞는지, 제대로 잘 가고 있는지, 나는 정확하게 어디에서 내려야 하는지, 걱정이 한두 가지가 아닌데 글자를 모르면 정말 얼마나 두려울까요.

'홍천시외버스터미널.'

글자가 보였을 때 얼마나 안심이 되었을까요. 제가 다 안도의 한숨이 나오네요. 글자를 알고 세상이 넓어졌습니다. 세상의 한쪽 걱정이 사라졌습니다.

> 한미숙 님은 평택시민아카데미에서 글을 배우셨다.

반딧불이

이정해

깜깜한 힘든 어둠 속에서
반딧불이 찾아 살아온 칠십 평생
기역, 니은 모르고
손가락 꼽으며 셈하던 나에게
문해교실 반딧불이가 날아왔어요

굳은 머리, 굽은 손, 무디어진 혀
놀려가며 따라 읽고 쓰는 배움의 기쁨

세종대왕도 만나고
이순신 장군도 만나고
효녀 심청이도 만났으니
움츠렸던 늦깎이가
저녁노을 보며 행복하답니다

손자, 손녀 잠재우며
동화책 읽어주는 내 삶은
행복의 웃음입니다

'형설의 공'이라는 말이 있습니다. 가난해서 등불을 켤 수 없었던 사람이 반딧불이들을 호박꽃 속에 모아 불을 밝혀 책을 읽고, 겨울에는 하얗게 쌓인 눈밭에서 눈빛으로 공부했다는 뜻입니다. 이 시를 읽고 그 이야기가 떠올랐습니다.

> 이정해 님은 광주 첨단종합사회복지관에서 글을 배우셨다.

학교 가는 길

김정애

학교 가는 길
친구들이 다녔던 길

학교 가는 길
언니 오빠 따라가던 길
아버지가 못 가게 하던 길

학교 가는 길
내 아이 입학 졸업식에 가는 길
내 손주 마중 나가는 길

학교 가는 길
늘 가보고 싶었던 길
나를 위해서 한 번도 가보지 못한 길

학교 가는 길
칠순 넘어 힘들지만
손꼽아 기다려지는 길

친구와 선생님을 만날 수 있는 길

학교 가는 길
나도 책가방 메고 가는 길
나도 가게 된 그 길

행복한 이 길을
오늘도 난
기쁜 마음으로 걷고 있다

친구들이 다녔던 길,

아버지가 못 가게 했던 길,

내 아이 입학식에 갔던 길,

손자 마중 갔던 길,

일흔 넘은 내가 책가방 들고

이제야 학교에 갑니다.

그 길을 걸어서 학교에 갑니다.

이제는 나를 위해…….

> 김정애 님은 사단법인 푸른사람들 부설 푸른어머니학교에서 글을 배우셨다.

문자 보내기

김복남

띠링~~ 문자 왔다는 소리
볼 순 있어도 답장은 못 한다
행여 글자가 틀릴까 봐
바빠서 못 봤다 둘러대며
목소리로 답한다

더 이상 핑계가 없어 글공부 시작했다
매일매일 쓰고, 읽고, 읽고, 쓰고,
문자 당장 하리라 밤낮없이 공부한다

띠링~~~
'내일 모임 7시 행복식당입니다'
난 이제 문자로 답한다
'김복남 참석합니다 수고하세요'

"띠링" 소리에 화들짝 놀라는 어머니의 모습이 두 눈에 선합
니다. 어떤 장면이 두 눈에 언뜻 선하게 떠오르면 글을 쓰세요.
그게 시가 됩니다.

> 김복남 님은 대구글사랑학교에서 글을 배우셨다.

벽장 속 내 가방

김우례

벽장 속에 숨겨둔
가방 하나를
며느리에게
들키고 말았다

한글 배운다고
말도 안 하고
아무도 모르게 공부를 했는데
아이고 들키고 말았네

나이 먹고 공부하는 게
너무 창피해
벽장 속에 숨겨뒀는데
그 가방을 들키고 말았다

잘 들켜버렸다
인자는 안 숨겨도 되겄다

우리 어머니는 글을 몰랐지만 못하는 일이 없었어요. 밥도 잘하고, 떡도 잘하고, 바느질도 잘하고, 모내기도 잘하고, 벼도 잘 베었지요. 정말 못하는 게 하나도 없었고, 마을에서 사는 데 아무 지장이 없었어요.

어르신들의 시를 읽으면서 가장 많이 느낀 것은, 글을 모르는 사실이 부끄러움이 되었다는 것입니다. 글을 모르는 것은 부끄러운 일도 아니고 죄도 아닙니다. 글을 모르는 것이 부끄러운 게 아니라 선량하지 못한 말과 행동이 부끄러운 것이지요. 공부는 사람이 되어가는 것이라는 생각을 합니다. 우리 어머니는 저에게 늘 말씀하셨지요.

"사람이 그러면 못쓴다."

> 김우례 님은 여수시 용주문해교실에서 글을 배우셨다.

도깨비 글 창고
천여임

아침에 쌓았다가
저녁에 열어보면 빈 창고
낑낑대고 만들어서
어렵게 들여놓으면
다음날 도망가고 없는 글 창고

영감 눈치 보고 사위 눈치 보고
손자 녀석 눈치 봐가며
열심히 만들어서 쌓아두어도
며칠 후 열어보면 빈 창고

그래도 언젠가 열어보면
서울도 있고 광주도 있고
농협도 있고 우체국도 있는
도깨비 글 창고

진짜 재밌지요. 재미있어요. 웃음이 절로 나옵니다. 어쩌면 이리 순진하고 깨끗하신지요. 거칠 것이 없습니다. 시란, 이렇게 거칠 것이 없어야 합니다. 마음대로, 마음이 가는 대로, 힘차게 따라가는 것입니다.

> 천여임 님은 완도군 섬사랑평생교육원에서 글을 배우셨다.

처음엔 그랬제

조경자

처음엔 그랬제

연필도 못 잡아서 얼마나 웃었는가

줄만 그어도 연필이 날아가고

글씨를 열 번씩 써도 뒤돌아서면

생각이 안 나 어쩌야 쓰까만 했제

첫 애기 낳을 때도 그랬제

부끄럽기만 하고 어찌 키울까 고민만 했는디

지금은 부모만 생각하는 효자가 됐어

글씨도 징하게 안 외워지더만

지금은 간판도 읽어지고 일기도 쓰고

기분이 저절로 좋아진당께

"처음엔 그랬제." 정답고 떨리는 말입니다. 설레는 말이고, 행복한 말이고, 희망에 부푼 말입니다. 처음이 있고 그다음이 있어야 또 그다음이 있지요. 그다음, 또 그다음…… 그리하여 생전 처음 가는 길에 들어서고, 생전 처음 보는 사람들을 만나, 생전 처음 만나는 세상에 들어섭니다. 처음이 있어야 그다음이 있습니다. 세상이 늘 처음이기를 바랍니다.

» 조경자 님은 화순군 문해교실에서 글을 배우셨다.

글도 쓸 줄 아는 예쁜 손

김형심

청국장, 된장찌게, 시레기국
잠깐이면 뚝딱뚝딱
열무김치 겉절이도 뚝딱뚝딱

내 이름 쪼금 쓰고
주민번호 살작 그리고
주소만 쓸라카믄
가슴이 쿵쾅쿵쾅
진땀은 삐질삐질
요리하는 내 손은 예쁜데
글 쓰는 내 손은 왜 이러지

그러나
이제는 자신 있네
주소도 쓸 수 있고
편지도 쓸 수 있다네
이제는
글 쓰는 손도 예쁜 손 됐네

호미질도 처음에는 서툴지만, 시간이 갈수록 나도 모르게 호미질이 힘들지 않습니다. 나도 모르게 내 손이, 내 마음이 저절로 땅을 고르고, 씨앗을 세어보지 않아도 서너 개씩 손에 잡히지요. 이제 글도 호미로 땅을 파서 씨앗을 심듯 그렇게 잘 써질 것입니다. 척척 잘되어갈 것입니다. 씨앗을 심어놓으면 심은 대로 쪼르르 싹이 나듯이 말입니다.

> 김형심 님은 충주열린학교에서 글을 배우셨다.

꼬부랭이 "ㄹ"

홍순애

전라도 하고 부르면
절라도가 네네 대답을 한다
횡단보도 하고 부르면
행단보도가 네네 대답을 한다

선생님이 아무리 잘 불러주셔도
항상 내가 정답이다

연필소녀의 검은 긴 머리가 찰랑찰랑
지우개소년의 색동저고리가 팔랑팔랑

망내야 커피 좀 타온나? 속 탄다
반장 형님의 더 큰 목소리 수업시간이다

속이 타고 애가 타는 모양입니다. 그런데 되게 귀여워요. 공부하는 모습들이 환하게 떠오릅니다. 연필을 쥐고, 공책에 코를 박고, 막내를 부르는 모습이 훤히 보여요. 막내가 커피를 코앞에 들이밀고 "언니 커피" 그러면 쳐다보지도 않고 꼭 이렇게 말할 것 같아요.

"거기 놔둬!"

> 홍순애 님은 시흥시 함현상생종합사회복지관에서 글을 배우셨다.

축복

조덕선

우리 학교 교실은 3층
창밖에서는 글자들이 춤을 춘다

해바라기한의원, 명품옷수선
현정헤어샵, 궁전닭갈비
서로가 잘났다고 뽐을 내네

궁전닭갈비집 메뉴는
소머리국밥, 김치찌개
삼계탕, 부대찌개

선생님!
삼계탕의 계와 찌개의 개가
같은 줄 알았는데 다르네요

평생
그놈이 그놈 같은 글자
오늘에야 제대로 알게 되었네

3층에서 이렇게 재미있는 풍경을 보고 계셨네요. 궁전닭갈비집 메뉴가 재미있습니다. 글은 이렇게 관심을 가지고 자세히 보아야 하지요. 자세히 보아야 무엇인지 알고, 무엇인지 알아야 이해가 되고, 이해가 되어야 그것이 내 것이 됩니다. 내 것이 될 때, 그것이 내 피가 되고 살이 되어, 나를 귀하고 소중하게 가꾸게 됩니다. 그러니까 글을 배우는 일은 하나를 자세히 보게 해서 열을 보게 하는 일입니다. 하나를 알면 열을 안다는 옛말대로지요. 옛말은 틀린 말이 없습니다.

내 이름 찾기

안춘만

나는 이름이 여러 개다
어릴 때는 순둥이
시집와서는 군산댁, 기범, 기숙이 엄마
율이댁 며느리, 경우 할머니
부모님이 지어준 이름은
아무도 부르지도 안 했다
그러나 지금 85세 문해학교 다니니까
선생님이 이름을 부를 때면
안춘만이라고 불러준다
몇십 년 만에 들어본 나의 이름
내 이름은 안춘만이다
멋지다……

여든다섯 살

안

춘

만!

만세!

> 안춘만 님은 영암군 왕인문해학교에서 글을 배우셨다.

자연이 말해주는 것을 받아쓴 시 ————————

3부

시란 놈이 꽃 피었다

생강 거둬들이듯
송순희

생강밭 퇴비 뿌리듯
자음 ㄱ, ㄴ, ㄷ, ㄹ
생강밭 밭 갈듯
모음 ㅏ, ㅑ, ㅓ, ㅕ

생강 쪼개어 심듯
가, 나, 다, 라
지푸라기 덮듯
각, 낙, 닥, 락 받침을 주고
매일 풀 매듯
읽고, 쓰고, 읽고, 쓰고

가을이면 생강이 주렁주렁
한글 실력도 쑥쑥

농사짓고 사는 사람들은 헛짓을 하지 않습니다. 농사짓고 사는 사람들은 헛소리를 하지 않습니다. 괭이로 땅을 팔 때 정확한 곳을 찍습니다. 생각과 다른 곳을 찍지 않습니다. 자연이 하는 말을 잘 알아듣고, 그 말을 따릅니다. 자연이 시키는 일을 잘 따릅니다.

아마 세종대왕님께서 이 글을 보셨다면 "과연 잘난 우리나라 백성이로다" 하며 무릎을 쳤을 것입니다. 그리고 큰 상을 내렸을 것입니다.

> 송순희 님은 군산시 늘푸른학교에서 글을 배우셨다.

매미

성천모

우리 집 감나무에서
쓰란쓰란 우는데
콩새가 콕 찌어 간다

먹을 게 그리 없냐
전깃줄에 앉은 걸 쏘아보았다

마음이 아팠다
매미야, 숨어 있지, 왜 울었어

눈 깜박 새
변을 당했다

정말 예쁜 시네요.

완벽해요.

나무랄 데가 없습니다.

근데 너,

"매미야, 숨어 있지, 왜 울었어."

> 성천모 님은 용인시 신갈야간학교에서 글을 배우셨다.

소리꽃 피다

장금례

산골짝 작은 동네에 꽃이 피었어요
매화꽃도 아니어요
동백꽃도 아니어요

자전거 타고 따릉 따릉
유모차 밀고 드륵 드륵
지팡이 짚고 기뚱 기뚱

네가 일등이냐
내가 일등이냐
씽씽 쌩쌩 마음만 달려간다

박수치며 가나다라
흔들흔들 거너더러
시끌벅쩍 웃음꽃, 소리꽃이 만발이다

매화도, 동백도 아닙니다.

그 무슨 꽃도 아닙니다.

소리가 꽃이 되었습니다.

신이 났습니다.

신바람이 났습니다.

온몸이 들썩거립니다.

가자, 가자, 가자, 글 배우러 가자.

꽃이 되어 가자. 씽씽 가자.

온 동네 사람들이 꽃이 되었습니다.

온 동네 산천이 춤을 춥니다.

가나다라 거너더러……

노래하며 덩실덩실 춤을 춥니다.

> 장금례 님은 남원시 덕과면 고정마을 한글학당에서 글을 배우셨다.

글자비

강춘자

꿈에
비가 내렸다
글자비가 내렸다

글자비는
마당에도 내렸고
옥수수밭에도 내렸다

마당에 내린 글자들 중에서
내 이름 석 자를 주워
대문에 붙였다

밭으로 가서는
옥수수밭 네 글자를
만들고 왔다

잠에서 깼다
받아쓰기 공부를 하다
잠이 들었나 보다

연필을 쥐고
그 모습 그대로인 걸 보고
혼자 그냥 웃었다

아름답습니다.

아름다운 시입니다.

우리 모두 같이 웃을 수 있는 시입니다.

혼자 웃었는데 같이 웃는 시!

시는 설명이 아닙니다.

시는 그냥 시입니다.

같이 비를 맞는 일입니다.

> 강춘자 님은 여수시 용주문해교실에서 글을 배우셨다.

나도 목이 마르다

양정자

올해도 가뭄이 심하다
새벽부터 밭을 둘러보니

심어놓은 토마토 가지 모종 등
채소들이 목이 말라 축 쳐져 있다

이곳저곳 물을 퍼부어 주다 보니
학교 갈 시간이다

너희들 목마른 거 해결됐으니
이제 70 평생 목말랐던 내 목 축이러
한글교실 가야겠다

곡식과 농부는 한 몸입니다. 논밭에 자라는 곡식들이 농부에게는 다 내 새끼 같습니다. 곡식이 목마르면 농부도 목이 탑니다. 곡식이 쓰러지면 농부도 쓰러지고, 곡식이 병들면 농부도 아픕니다. 농부에게 곡식은 한 식구입니다.

70년 목마름을 해결하러 가는 양정자 시인님의 논에 물이 듭니다. 산 곁을 지나, 도랑물을 건너고, 들길을 따라, 오래된 한 농부가 마른 목을 축이러 학교에 갑니다.

> 양정자 님은 진천군 평생학습센터에서 글을 배우셨다.

콩나물시루

이계례

시루에 짚 깔아
불린 콩 넣는다
잘 먹고 잘 자라라
맑은 물 붓는다

쉽다던 한글 받침
알파벳 쌍둥이 형제
차곡차곡 머리에 담는다

앗!
밑 빠진 시루에
콩나물이 가아득
내 머리 속
콩씨도 잘 자라고 있겠지

어떤 시인도 흉내 내지 못할 재기 넘치는 시입니다. 시는 삶에서 나옵니다. 시는 삶에서 나와, 삶으로 돌아가, 삶을 살찌우고, 삶을 풍요롭게 가꿔줍니다. 어떤 유명한 외국 시인은 이렇게 말했습니다.

"시는 사람들의 말을 엿듣는 것이다."

우리 어머니는 이렇게 말씀하셨습니다. 이야기는 지어낸 것이고, 노래는 진짜라고. 시는 노래입니다. 우리 가슴을 울리는 노래입니다.

> 이계례 님은 광주 월산성인문해초등학교에서 글을 배우셨다.

한글 나무

박순자

추운 겨울
앙상한 나뭇가지처럼
글을 모르던 시절이 언제였던지

따뜻한 봄날
앙상한 나뭇가지에 새싹이 돋는 것처럼
이제는 내 머릿속에도 한글 싹이 돋아나는 것 같다

뜨거운 여름 태양 아래
푸른 잎이 짙어질수록
내 머릿속에도 한글 잎이 짙어지고 있다

울긋불긋 가을
저 높은 산이 예쁜 단풍으로 물들어 있듯이
내 머릿속에도 예쁜 글들로 한가득 물들어 있겠지

봄이 가고 여름이 가고 가을이 왔네요. 봄처럼 싹이 트고, 여름처럼 우거지고, 가을처럼 물들었네요. 잎 진 자리에 눈이 내려 하얀 설원이 되면 눈 위에 시를 쓰세요. 사랑하는 이에게 시를 쓰세요. 그리운 이에게 시를 쓰세요. 사랑의 시를 쓰세요. 그리움의 시를 쓰세요. 이 세상 어딘가에 있었던 나에게.

> 박순자 님은 울산 울주도서관 글나래학교에서 글을 배우셨다.

자전거 타는 날

정연녀

내 인생 겨울인가 슬퍼하고 있을 때
자전거 타고 공부하러 가는 나에게
새봄이 찾아와 인사를 합니다

따르릉 따르릉 자전거 타는 날
내가 심은 고추와 옥수수에게
인사를 합니다

잘 익은 옥수수와 예쁜 고추는
열심히 공부하고 오라며
흔들흔들 고운 미소를 보냅니다

자전거 타고 공부하러 가는 날
내 인생의 따뜻한 봄이
따르릉 따르릉 시작을
알립니다

봄이 오는 시골길
따르릉 따르릉 자전거가 나갑니다.
옥수수야, 고추야, 가지야,
마을 앞 정자나무야, 내가 간다.
공부하러 간다.
선생님 찾아, 동무들 찾아 학교에 간다.
옥수수야, 가지야, 고추야, 참깨 들깨야
공부 열심히 하고 올게.
참깨가 나듯 또박또박 글씨 쓰고
꾀꼬리가 울 듯 꾀꼴꾀꼴 글 읽고 올게.
나 지금
따르릉 따르릉 자전거 타고 학교에 간다.

> 정연녀 님은 강릉시 평생학습관에서 글을 배우셨다.

콩밭에서 공부하다

이귀례

마른 땅에 콩을 심었습니다
호맹이 같은 연필로 꾹꾹 눌러
글자를 만들었습니다
ㄱ과 ㅏ가 친구 하면 "가" 소리 내고
ㄱ이 ㄱ을 업고 걸어가면 "까"라고 읽습니다
우리 선생님 생각이 나서
콩밭을 매다 "꽁" 하고 불러보니
연초록빛 떡잎들이 까르르 까르르
텃밭에서 웃고 있습니다

어쩌면 이런 글을 쓸 수 있는지 모르겠어요.

"ㄱ이 ㄱ을 업고 걸어가면 '까'라고" 읽는다니,

웃음이 절로 나옵니다.

요새 젊은이들의 카톡 문자처럼

ㅋㅋㅋㅋㅋㅋㅋㅋ네요.

ㅋㅋㅋㅋㅋㅋㅋㅋ.......ㅋ.

> 이귀례 님은 완주군 채움문해학교에서 글을 배우셨다.

모와 한글

장병옥

논뜰에 나가 보니 푸르른 풀들이
서로 부둥켜안고 춤을 추고 있네

이 논을 털어서 모를 심어야 하는데
모를 심고 나면 또 다른 옷을 입겠지

기계 소리 장단 삼아 줄서서
누가 누가 키 크나 키재기하고

파란 하늘 바탕 삼아 시냇물 장단에
바람이라는 음악에 맞춰 춤을 추겠지

한글 배워서 모내기하는 모습을
눈에 담아 글로 써보니

기뻐서 모처럼 나도 춤을
추고 싶네

이 시를 세종대왕님께서 보시면 이렇게 말씀하실 것 같아요.
"진정 똑똑한 내 백성이로다. 내가 이 백성을 일찍 알았더라면
한글을 만드는 일이 그렇게 힘들지 않았을 텐데, 더 좋은 글을
만들었을 텐데, 거 참 아쉽구나."

> 장병옥 님은 대구 상인종합사회복지관에서 글을 배우셨다.

난쟁이 민들레

정 정 자

민들레 꽃씨가 되어 훨훨 날아
좋은 들 좋은 언덕에 떨어져
아름답게 핀 내 언니 오빠 동생!

난 어찌해 돌 틈에 떨어져
누구의 눈에도 잘 띄지 않는
난쟁이가 되었나

내 민들레 꽃씨들은 다 훨훨 날아
좋은 들 좋은 언덕에 사뿐히 내려앉아
곱게 피어 노래 부르면서 자라라

가슴 아픈 시입니다. 어쩌다가 그렇게 돌 틈에 떨어져 사람들 눈에 잘 띄지 않는 꽃이 되었는지. 그런 시절들이 있었지요. 살다 보면 세상에 별일들이 다 있지요. 이제 그 슬픔을 민들레 꽃씨에 실어 멀리 날려버리세요. 그리고 정정자 시인님도 그 꽃을 따라가서 푸른 언덕, 빛 좋은 땅에 내려앉아 꽃을 피우세요. 둘레를 밝히는 환한 꽃으로 피어나세요.

> 정정자 님은 부천시 원종종합사회복지관에서 글을 배우셨다.

겨울 바다

김연기

바다는
참 너그럽다
어머니가 날 바라보듯 포근하다

파란 파도는
늘 춤춘다
어머니가 내 기쁨을 함께해주듯

어머니가
애기를 품에 안고 있듯
바다도 아침이면 해를 품어내고
저녁이면 달을 띄운다

달을 띄운 바다에 가고 싶네요. 반짝이는 달빛을 실은 파도가 내 발끝을 적시는 그곳에 가 서 있고 싶은 시입니다. 그곳의 아침을 보고 싶네요.

> 김연기 님은 구리시 평생학습관에서 글을 배우셨다.

행복한 나비

박금자

한글 공부에 풍덩 빠졌네
글 읽는 소리에 새들이 응원하네
가슴이 뛰네 코끝이 찡하네

눈을 감아도 눈을 떠도
글자가 내 눈가를 맴도네
앞날에 밝은 희망이 보이네

아장아장 아기가 걸음마를 떼듯
애벌레가 나비 되어 하늘을 날듯
열심히 공부해서 행복한 나비가 되려네

"애벌레가 나비 되어 하늘을 날듯" 한다는 말은 아무나 할 수 있는 말이 아닙니다. 믿는 바가 있고, 또 자신감이 있을 때, 저절로 나오는 말입니다. 글은 거짓이 없습니다. 거짓은 금세 들통이 나거든요. 확실한 믿음이 있을 때 나오는 말은 콩이 땅에서 싹을 틔우는 일과 같지요. 농부들은 콩을 심으면 콩이 나겠지, 하는 생각으로 콩을 심지 않습니다. 콩을 심으면 콩이 납니다. 그게 자연이지요. 공부도 그렇게 자연처럼 되는 것입니다.

> 박금자 님은 순천시 지자체 한글교실에서 글을 배우셨다.

우리 동네

양덕녀

우리 동네 고당리는
산이 높아 햇님도 힘들다고
쉬엄쉬엄 느즈감치 올라온다네

우리 동네 고당리는
골이 깊어 햇님도 바쁘다고
서둘러서 집으로 가버린다네

우리 동네 고당리에
햇살이 환하게 웃어주면은
계곡물은 좋아서 별처럼 반짝거리네
내 마음도 좋아서 환한 웃음이 나네

햇님이 가버리면 달님이 와서
캄캄한 계곡물을 하얗게 비추어주네

우리 동네 고당리는
산들산들 나무들이 모여 살고
숲속에는 새들이 지지배배 노래하네

물 맑은 골짜기마다
옹기종기 사람들은 장독대처럼
모여 산다네
된장찌개처럼 구수하고 맛나게
살아간다네

깊고 깊은 산골짜기 우리 동네 고당리
행복한 동네
햇님, 달님, 계곡물, 나무, 새, 나, 너, 우리
모두 모여서
행복하다고 노래 부르네

최고의 시입니다.

마을을 이리 아름답게 쓴 시,

어디 있으면 한번 내놓아보세요.

마을에 오래 살아보지 않고는 쓸 수 없는

삶의 노래입니다.

> 양덕녀 님은 완주군 지자체 한글교실에서 글을 배우셨다.

내 고향

김순자

내 고향 뒷산에서 울어예는 뻐꾹새
무엇이 그리도 서러워서 훌쩍거리는가

육 남매 홀로 키운 버겁던 가슴
쌀밥 한 그릇 배불리 먹이지 못한 가슴앓인가

상추쌈 한 소쿠리 가득 담아놓고
꽁보리밥 한 덩어리 어여 먹어라

봄이 오면 딱곡딱곡 못 잊어 청산을 울리는
뒷산 뻐꾹새 서럽도록 울어예는
그대는 누구인가……?

그리워서 울었지요.

서러워서 울었지요.

배가 고파 뒤안

감나무 밑에 가서 울었지요.

감나무 밑에 새 풀이 돋아날 적에

새 풀 뜯어 만지작거리며 울었지요.

배고픈 내 새끼들, 배고픈 내 새끼들

연기 나는 굴뚝 밑에 앉아 훌쩍거릴 때

뻐꾹새가 울었지요.

뻐꾹 뻐꾹 뻐꾹새 울어예고

쑥국 쑥국 쑥꾹새 울었지요.

배고픈 뱃속에서 울었지요.

> 김순자 님은 시흥시민대학에서 글을 배우셨다.

놀이터

사토 후키코

아이들이 노는 곳
뛰어노는 뒷산
공놀이하는 들판
눈 내리는 언덕
비 오는 마당
신나게 놀면 놀이터

아이들의 사랑방
하교길 손잡고 가는 사랑방
좋아 어쩔 줄 모르는 그네타기
좋아 지칠 줄 모르는 시소타기
단조러움에 마음이 하나 되어
싸우다가 웃는 사랑방
신나게 놀아야 놀이터

놀이터…… 지금은 공터
철봉 위에 빨래감
고추 말리는 공터

기다림에 지친 그네
친구야 어디 있니
신나게 놀아줘야
놀이터

리듬감이 넘치는 시입니다. 아이들이 활기차게 노는 모습이 그려져요. 그런데요, 지금은 어디를 가나 아이들이 뛰노는 모습을 볼 수가 없어요. 아니, 뛰어놀 아이들은 도대체 다 어디서 무엇을 하는지 그네만 덩그렇게 걸려 있어요. 쓸쓸하네요.

> 사토 후키코 님은 이천시 서희청소년문화센터 배움터교실에서 글을 배우셨다.

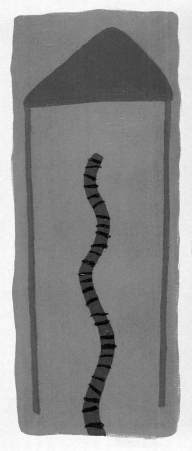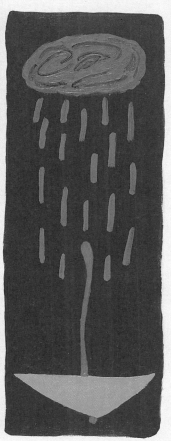

수박

김송순

내 머리보다 큰
여름철 과일 수박
무더운 여름날 저녁 먹은 뒤
소반에 덩그렇게 올려놓고
칼을 대기가 무섭게
뚜두둑 짜개지며
함박만 한 웃음

까아만 씨들이 웃는다
나도 웃는다

동시네요. 그림이 그려지네요. 쫘아아악 하고 쪼개지는 수박 하나를 놓고 쭈욱 둘러 앉아 처다보고 있는 식구들의 환한 모습이 그림처럼 그려졌습니다. 김송순 님은 동시를 쓴 시인입니다.

> 김송순 님은 서울 신명실업학교에서 글을 배우셨다.

하늘공원에 앉아

박말례

하늘공원에 앉아
수업시간을 기다린다
기다림의 즐거움 속에
앵두나무가 눈에 띈다

어릴 적
우리 마을에 있던 앵두나무가
여기에 와 있나 보다

앵두나무 가지에
내 어릴 적 꿈이 앉아 있고,
앵두나무 열매에
내 작은 꿈도 더불어 익고 있다

앵두나무 위에
'앵두'라고 쓰니
어릴 적 내가 발그레하게 웃는다

앵두나무는 우물가에 많이 있었지요. 하얀 적삼에 검정 치마, 댕기 머리 길게 땋아 내린 동네 처녀들이 물동이 옆에 놓고 물을 길을 때 빨갛게 익어갔지요. 똬리 끈을 입에 물고, 물동이를 머리에 얹으며, 눈을 내리깔던 그곳에서 앵두가 익어갔답니다. 그 앵두나무 우물가에서 동네 처녀들이 바람났다지요.

» 박말례 님은 서울 길음종합사회복지관에서 글을 배우셨다.

글자로 다시 시작한 내 인생

박흥례

난 글자의 소망을 품고
저 들녘 논에서 모내기하는 농부처럼
ㄱ, ㄴ, ㄷ, ㄹ
ㅏ, ㅑ, ㅓ, ㅕ
나의 공책에 씨를 뿌렸습니다

난 글자의 배움을 품고
저 들녘 논에서 농부가 구슬땀 흘리듯
가, 나, 다, 라
각, 낙, 닥, 락
나의 공책에 새싹들을 틔웠습니다

난 글자의 열매를 품고
알알이 영근 노오란 벼이삭 거두는 농부처럼
나의 하아얀 공책에
잘 익은 까아만 글자 열매들
주렁주렁 열려 책가방에 담았습니다

난 글자로 힘찬 자신감 생기고
난 글자로 찬란한 희망을 품고
난 글자로 뭉게뭉게 피어나는 꿈도 꾸고
인생의 끝자락이라 여기며 그럭저럭 살려고 했는데
난 글자로 내 인생을 다시 시작합니다

콩씨 한 알을 땅에 심으면 콩 한 그루가 자라 셀 수 없이 많은 콩이 쏟아집니다. 가을 햇살 속에 노랗게 쏟아져, 노랗게 쌓입니다. 인생의 끝자락에서 그렇게 글들이 공책에 쏟아져 공책을 메워갑니다.

이 시를 읽고 그럭저럭 살던 인생들이, 인생을 다시 시작하는 희망찬 목소리가 이 세상에 울려 퍼질 것입니다. '그럼 나는 뭐야……' 하는 소리가 희망의 목소리가 되어 사방에서 들릴 것입니다. 시는 죽어가는 세상을 다시 살게 하는 희망이 되어줍니다.

> 박홍례 님은 부천중앙초등학교 한글교실에서 글을 배우셨다.

거북이 글씨

박은진

생전에 처음 써보는 한자 글씨
삐뚤빼뚤 지렁이가 지나간다

길을 가다가 눈에 보인 한자 글씨
삐뚤빼뚤 지렁이는 다 어디로 갔나

지렁이 글씨가 싫어서
자꾸자꾸 쓰다가
거북이 글씨가 되었다

부모님 제사 때 써 올린 내 글씨
거북이 글씨지만 지렁이는 없다
참 다행이다

지렁이랑 가재랑 친구였어요. 지렁이는 눈이 있고, 가재는 눈이 없었대요. 지렁이가 가재만 만나면 눈 자랑을 했다지요. 가재는 답답하여 어느 날 지렁이에게 말했어요.

"야, 지렁아. 나 눈 한 번만 빌려줘. 얼른 달아보고 줄게."

지렁이는 가재에게 깜박 속아 눈을 빌려줬어요. 가재는 얼른 지렁이 눈을 달았어요. 가재 눈이 툭 튀어나온 것은 얼른 달았기 때문이래요. 눈이 생긴 가재는 너무 좋아 뒤로 도망을 갔어요. 가재는 그때부터 뒤로 가기 시작했대요. 도망가던 가재는 바위 밑으로 숨어버렸어요. 가재는 그때부터 돌 밑에 숨어 살았대요. 눈을 잃은 지렁이가 가재를 부르며 사정했대요. 눈을 달라고요. 얼마나 사정을 했느냐면, 석 달 열흘을 사정했대요. 그때부터 어머니들은 긴 시간을 '석 달 열흘'이라고 했대요. 석 달 열흘을 사정해도 눈을 주지 않자 그때부터 지렁이는 울고, 박은진 시인님 처음 쓴 글씨처럼 삐뚤삐뚤 기어 다녔대요.

> 박은진 님은 시흥시 정왕종합사회복지관에서 글을 배우셨다.

어린 시절

안양임

부지깽이로 글자를 썼다
친구에게 물었다

맞는 글자가 딱 한 개 있다고 했다
숫자 '1'이였다

어린 시절 흙바닥에 썼던 것
1 말고도 많은 것을 쓰고 싶었다

쓰고 싶고 알고 싶은 꿈을 오래 간직해왔다
나는 그 꿈을 지금 이루고 있다

열심히 공부하는 지금이 바로
어린 시절의 내 꿈이다

부지깽이, 이제 보니 부지깽이가 사라졌네요. 푸른 연기가 피어나는 부지깽이로 별별 시름 설움을 부엌 바닥에 다 그렸지요. 그리고 또 지웠지요. 그 부지깽이가 연필이 되어줄 줄을 어찌 알았겠어요. 이제 연필로 쓰세요. 길고 길게 흐르는 강물처럼 길게.

> 안양임 님은 사단법인 푸른사람들 부설 푸른어머니학교에서 글을 배우셨다.

배추흰나비

백복순

눈을 비벼도 보이지 않고
크게 소리 질러도 울리지 않고
어깨를 펴도 더욱 오그라들고
그냥 코딱지만 했었다
어찌해 보려고
꿈틀거려 봐도
내 자리는 어느새 구석탱이
그게 내 길이려니
내 인생이려니
눈을 떠도 보지 못한 채
소리 질러도 울리지 않은 채
늘 그 자리에 서 있는 전봇대였다

그.러.나
칠십 다 된 나이에
들어선 배움의 길
하늘이 파랗다

소리가 우렁차다
펼친 내 어깨에 힘이 솟는다

아직은 날지 못하지만
훨훨 날을 내일을 꿈꾼다
나는
꿈을 꾸는
행복한 배추흰나비

제목도 좋고, 글도 좋습니다. 힘이 솟아납니다. 이 시를 읽고 많은 사람들이 힘을 얻고, 벌떡 일어서서 씩씩하게 걸을 것입니다. 훨훨 날 것입니다. 배추흰나비가 되어 절망을 벗어던지고 훨훨 날갯짓할 것입니다. 백복순 시인님처럼요.

> 백복순 님은 서울 금천구 성인문해교실에서 글을 배우셨다.

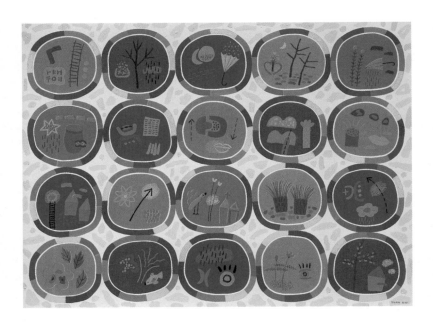

호박시

김순이

시라는 게 다 뭐꼬?
배추시 아니면 고추시
그럼 아니 아니 호박시
호박시를 한번 심어볼까?
내 평생 시라고는 종자 씨앗으로만 생각했다
호박시를 큰 화분에 심어놓고
매일같이 시가 되어 나오라고 기도를 했다
한 달이 지나도 시는 나오지 않고
싹이 터서 파란 두 잎이 나오더니
줄기가 뻗어나가고 꽃이 피고 호박이 열리더라
아하, 시란 놈은 이렇게 꽃이 피고
열매가 대롱대롱 매달리는 거로구나!

정말 재미있는 시입니다.
"파란 두 잎"이 시입니다.
시의 얼굴입니다.
파란 싹을 들여다보는 눈빛이 시입니다.
그것이 바로 "호박시"지요.

> 김순이 님은 파주시 파주교육문화회관에서 글을 배우셨다.

응원

이분옥

뚝배기 안에서 콩알들이
보글보글 춤춘다
호박 두부 고추들이
어울려서 구수한 된장찌개가
하루의 시작을 연다

찌개를 끓이다 못 가르친
한 품고 간 엄마 생각에
늦은 나이에 공부를 시작했다
책가방에서 공책이 부비부비
필통 안 연필도 달그락그락
찌개를 끓이며 내 삶을 응원한다

우리 어머니는 아흔 살입니다. 병원에 계실 때 아내하고 둘이 공부를 시작해서 글자를 배웠습니다. 손가락으로 글자를 한 자 한 자 짚어가는 어머니를 보면서 생각했지요.

우리 어머니가 글자를 모르고 돌아가신다면 내가 얼마나 원통할까, 어머니께서 얼마나 억울하실까.

이 시를 읽다 보니 그 생각이 났습니다. 시는, 시를 읽는 사람들에게 자신을 들여다보게 해줍니다.

> 이분옥 님은 안동시 마리스타학교에서 글을 배우셨다.

이슬비

정길임

사그작사그작 소리 없이 내리는 이슬비에
새벽잠 깨어 눈 비비고 일어나
맨발로 앞뜰로 나가 보니
구슬마냥 맺힌 물방울방울들~

맑고 시린 방울 속에 이제 막 시작한
ㄱ, ㄴ, ㄷ……ㅇ……ㅎ이 보인다

해가 뜨면 금방 사라질 작은
물방울들의 소리들이 들리는 듯~

열심히 하라고 응원의 박수를 보내는 듯
동글동글 똑똑똑

내가 너의 힘이 되어줄께~~

정말 아름다운 시입니다. 이슬방울 속에 세상이 다 들어 있다는 말이 있습니다. 작고 영롱한 이슬방울이 시인의 손끝에 방울방울 맺혀 영롱합니다. 이슬을 깨우며 밭으로 가다가 풀잎 끝에 맺힌 이슬방울을 바라보고 있을 당신은 시인입니다. 시인의 눈을 가졌습니다.

> 정길임 님은 시흥시민대학에서 글을 배우셨다.

우야노 우야노
오중이

첩첩산중
토끼와 동무하며 사는 동네

재 너머 가다 호랑이 업어간다
학교를 가지 못해 트인 것은
글눈보다 일눈이네

철철이 감자 심고
생강 심고 콩 심는 건
술술 기억도 잘하네

그런데 이놈의 글자는
한 귀로 들어갔다 다시 나오네
우야노 우야노 이 노릇을

농사짓는 사람들은 사는 게 공부였습니다. 처음 모내기를 할 때는 서툴고 힘들어 내가 심고 싶은 곳에 심지 못했지만, 일을 하다 보니 저절로 일이 손에 익고 마음에 익어서 점점 모내기를 잘하게 되었습니다. 일의 요령을 터득하는 것이 공부였지요.

이제 글도 그렇게 몸과 마음에 익어서 이쪽 귀로 들어오면 저쪽 귀로 나가지 못하고 마음에 심어질 것입니다. 그리하여 감자 심고, 생강 심고, 콩 심는 것처럼 자연스럽게 될 것입니다.

우리 오중이 시인님 화이팅!

> 오중이 님은 완주군 비봉면사무소 한글교실에서 글을 배우셨다.

다시, 희망으로 살아가게 하는 시 ————————————

4부   내가 제일 무서운 놈 잡았다

88세 초등학생
박태순

입가에 미소 띠우며
버스와 지하철을 타고 학교에 간다
힘든 계단도 오르고 이마엔 땀방울

ㄱ, ㄴ, ㄷ, ㄹ, ㅏ, ㅑ, ㅓ, ㅕ
오늘 배운 글 떠올려본다
머리에 구멍이 났나 보다
배우는 대로 빠져나가는 기억들

아침 교실
먼저 온 광주댁의 목소리
남원댁 수원댁의 시끌벅적 웃는 소리
반 친구들 와자지껄 떠드는 소리
영락없는 초등학교 교실
푸르름이 가득한 여름 창가
결실의 감사를 한 아름 안고 가는
행복한 서로사랑 문해학교 여름방학

제가 어르신들의 시를 읽으면서 놀란 것은, 공부를 하면 나이와 상관없이 희망이 생긴다는 사실입니다. 여든여덟이라는 나이가 전혀 느껴지지 않는 이 시를 보세요. 그러면서 또 느낀 것은, 그럼 지금의 나는 무엇인가입니다.

희망의 날개를 달고 날아다니는 어머니들의 소중한 희망은 꼭 무엇이 되고 싶은 것은 아니지요. 공부 그 자체가 희망을 만들어냅니다. 공부를 하면 나도 모르는 새로운 세상을 만납니다. 학교는, 공부는, 본래 이 교실 같아야 합니다. 광주댁, 남원댁, 수원댁이 모인 이 교실처럼요.

> 박태순 님은 성남시 중앙동 복지회관에서 글을 배우셨다.

이제는 꽃으로

조연순

마음 한구석에
커다란 구멍이 있어요
일하는 것은 누구에게도
뒤지지 않는데
딱 한 가지
한글만 보면 도망가 숨어버려요

마음 한구석에
커다란 구멍이 있어요
말하는 것은 누구에게도
뒤지지 않는데
딱 한 곳에 가면
눈치만 살피는 벙어리가 되어요

마음 한구석에
커다란 구멍이 작아지고 있어요
이젠 도망가지 않아요
이젠 벙어리도 아니예요

작아진 구멍 속에 씨를 뿌려서
어여쁜 꽃을 피워 보고 싶어요

작은 구멍에 씨를 뿌리는 어머니, 봄이 되면 그 속에서 작은 싹이 돋아나 환한 세상을 보겠네요. 그 싹이 잘 자라 꽃을 피우면 어느 봄날 나비가 날아오겠지요. 저 멀고 먼 곳에서 꽃을 찾아 날아오겠지요. 그 곁에 앉아서 나비 날개를 보는 날이 오겠지요. 가만히 보고 앉아 있을 날이 오겠지요. 그러겠지요.

＞ 조연순 님은 남원시 평생학습센터에서 글을 배우셨다.

좋은 날
이기조

글 배우고 나선 새로 하는 일이 참 많았지
군대 간 손자 녀석들한테 편지도 한 통 쓰고
책도 한 권 읽을 수 있으니 출세하지 않았는가
뭣보다 수업하기 전 마시는 커피가 참 달드만
이보다 좋은 날이 또 있을까 싶네

전번에 배웠던 게 생각 안 나면 선생님한테
나는 꼭 까마귀 고기를 먹은 것 같다 툴툴대지만
난생처음 책가방 메고 한글 배우러 가던
그때부터 지금까지 날마다 새로운 시작인 거라
이보다 좋은 날이 또 오려나 싶네

이보다 더 좋을 순 없다는 말은 날아갈 것 같은 기분일 때 저절로 나오는 말입니다. 살다가, 살아가다가 이렇게 기뻐 날아오를 것 같은 새날들이 얼마나 있을까요.

무슨 일이 새롭고, 신비롭고, 감동적일 때가 있습니다. 세상이 달라 보일 때가 있지요. 어제하고는 다른 오늘이 가끔 있지요. 자고 일어나 보았더니, 어제와는 다른 오늘이 와 있을 때가 있지요. 새날, 날마다 새날을 가진 당신은 이제 사랑을 아는 사람입니다. 오늘도 날아갈 것 같은 새날이면 좋겠습니다.

> 이기조 님은 서울 강북노인종합복지관에서 글을 배우셨다.

82세에 시작하는 꿈보따리

정진섭

감자 한 통 깎아놓고 학교 구경하고 왔더니
엄마는 집에 들어오지 말라며 몽둥이로 때리셨다
그것이 학교가 처음이자 마지막이었다
결혼해서 남편은 글도 모르는 무식쟁이라고
아무 이유 없이 욕을 달고 살았다네
글도 모르는 무식쟁이에
일까지 못하는 병신이라는 소리를 들을까 봐
하늘이 뱅뱅 돌 때까지 산속에서 죽어라고 일만 했지요
아이들을 생각하며 참고 또 참으며 꼭 글을 배우고 싶었지요

내 나이 82세
가방을 메고 공부하러 가는 이 시간이 얼마나 감사한지
봉화 깊은 산속에서 눈물은 이제 잊어야지요
하늘에서 행여 나를 부르시면
이제 공부를 시작했으니 조금만 기다려달라고
저승에 있는 남편에게 서운했던 마음 담아 편지 한 통 쓰고
목사님께 내 삶을 마무리하며 감사편지 한 장 쓰는 것이
이제 공부를 시작하는 작은 꿈보따리 주인의 소원이라고

82년을 산 한 사람의 이 희망찬 시작은 우리들의 삶이 무엇인지 묻는 벼락 치는 일갈입니다. 삶을 함부로 탕진하지 말라. 입을 함부로 놀리지 말라. 글을 함부로 쓰지 말라. 진짜를 써라. 진실을 쓰라고 호통칩니다.

"일까지 못하는 병신이라는 소리를 들을까 봐 / 하늘이 뱅뱅 돌 때까지 산속에서 죽어라고 일만 했지요."

"병신"이라는 말과 "뱅뱅 돌 때까지"라는 말은 누구나 할 수 있는 말이 아닙니다. 삶이 진실일 때, 그때 글을 만나면 이런 표현이 나오지요. 삶과 글이 일치해야 시입니다.

> 정진섭 님은 인천 주안도서관에서 글을 배우셨다.

생명이 있는 한 배우고 싶다

김성순

젊어서는
시부모님 봉양 위해 부지런한 두 손을 썼고
남편을 위해 밝은 눈을 썼으며
자식을 위해 간절한 마음을 썼다
칠십의 나이에
떨리는 손과 흐린 눈을 갖고
누구에게도 보이지 않았던 내 맘속 열정
너 하나만을 믿고 글씨를 쓴다

기억하고픈 고마움과 감사를
연필로 열심히 쓰고
어릴 적 배우지 못한 부끄러움을
지우개로 지워간다
기억 잘하는 연필이 있고
삐죽 빼죽이도 미끈하게 해주는
힘 있는 지우개가 있기에
생명이 있는 한 배우고 싶다

생명은 움직입니다.

생명은 믿음이 있습니다.

생명은 나를 살리고 남을 살립니다.

생명은 받아들입니다.

그리하여 새로운 세상을 만듭니다.

나무에 새가 날아와 앉으면

'새가 앉은 나무가 됩니다'.

아까와는 다른 새 나무가 되는 것입니다.

생명이 있는 한 나무도 사람도 배웁니다.

배워야 새로워집니다.

» 김성순 님은 광주 첨단종합사회복지관에서 글을 배우셨다.

몽당연필

박재연

꽃동산학교에서 공부하다가
연필심이 똑 하고 뿌러졌다

다시 쓸라고 찾아보니
키다리들 사이에 몽당연필 딱 한 개

내가 쓰기엔 키다리보다
쪼그만 몽당연필이 더 좋네

글 배우기 전에는
키 큰 사람이 부럽더라만

글을 써보니 이제사 알겠네
몽당연필이 얼마나 고마운지……

니처럼 이 할매도 긴 세월
까막눈에 눈물고개 다 지나왔거든

몽당연필아, 몽당연필아
니캉 내캉 똑같이 오래 살자

"까막눈에 눈물고개 다 지나왔거든"이라는 말이 살아 있습니다. 글을 쓸 때 잘 써야겠다고 생각하면 머리가 복잡해져서 글이 잘 써지지 않습니다. 그냥, 생각을 쓴다고 생각하면서 있었던 일을 자연스럽게 쓰면 글이 됩니다. 힘이 들어가면 호미질, 괭이질, 쟁기질이 잘 안 되듯이 글도 그렇습니다. 글을 쓰는 사람들이 늘 생각하고 남에게, 또 자기 자신에게 하는 말이 있습니다.

"어깨에 너무 힘 들어갔어. 어깨 힘 빼라."

> 박재연 님은 대구 사랑나누기도서관 꽃동산학교에서 글을 배우셨다.

꽃피는 나의 인생

박명숙

내 인생에 꽃은 없는 줄 알았어요
사랑하는 내 아이들의
숙제를 도와줄 수 없을 때
세상은 모두 나에게 손가락질했어요

내 인생에 꽃이 피었어요
'알록달록' 신기한 꽃들이 잔뜩 피었어요
은행꽃, 동사무소꽃, 버스꽃……
처음 들어보는 꽃이예요

앞으로 나의 꽃은
운전면허 꽃이예요
졸업장 꽃도 피울래요
마지막으로 나의 멋진 인생 꽃을 피울래요

밭머리에 장다리꽃이 피었어요.
복숭아꽃도 피고,
배꽃도 피고, 매화도 피었어요.
오동나무 오동꽃도 피었어요.
텃밭에 가지꽃 피었어요.
밭가에 오이꽃 피었어요.
세상에! 호박꽃도 피었네요.
참깨꽃, 들깨꽃도 피었어요.
이 세상 모든 풀과 나무와 곡식이
다 꽃을 피웠어요.
나를 가리키는 손가락 끝에서
꽃들이 피어납니다.
오늘은 내가 꽃입니다.

> 박명숙 님은 용인시민학교에서 글을 배우셨다.

인생 업그레이드
고초강

내 이름 석 자 겨우 꿈벅꿈벅
내 아이들 이름 겨우 더듬더듬

아이들 학교 통신문에 얼굴만 붉으락
어버이날 건네준 아이들 편지에 고개만 끄덕끄덕

그랬던 내가

카톡! "엄마, 지금 뭐해?"
"김치 담는다" 카톡!
카톡! "언니, 오늘 숙제가 뭐예요?"
"받아쓰기 시험 본다고 공부해오라 했어" 카톡!

어느새 내 손에서
훨훨 날아다니는 글자들
인생 업그레이드!!

휴대폰을 들고 카톡을 하시는 어머니의 모습이 그림처럼 그려지네요. 넘어진 고추를 일으켜 세우고, 괭이와 호미로 땅을 골라 깨 모종을 하던 그 부지런한 손으로 톡.톡.톡. 카톡을 하고 계시네요. 웃음이 나옵니다. 어머니 인생 진짜 업그레이드되셨네요. 세상에, 영어까지 하시다니!

그나저나 카톡을 하다가 "아이고, 내 정신 좀 봐라" 하며 끓어 넘치는 찌개 보러 가시는 것은 아니겠지요.

> 고초강 님은 목포제일정보중고등학교 부설 평생교육원에서 글을 배우셨다.

꿈보따리

최영금

한 보따리가 있습니다
글을 몰라 무시당하고
못 알아먹어 사기당하고
한 보자기 안에 감췄습니다
들킬까봐 꼭꼭 싸매
아무도 모르게
한 보따리를 풀었습니다
한 글자 배우고 "아하~~"
한 문장을 쓰고 "오예~~"

꿈보따리가 생겼습니다
나 같은 이에게 글자를 가르치는
선생님이 되고 싶은
꿈보따리는 알록달록합니다
배우고 가르치는
학생들의 꿈으로

얼마나 많은 보따리를 쌌을까요. 얼마나 많은 보따리를 싸서 여기저기 숨겨두었을까요. 풀지 못한 보따리를 얼마나 많이 여기저기 감춰두었을까요. 최영금 시인님이 그 서러운 보따리들은 강물에 띄워 흘려보내고, 꼭꼭 감추어둔 버릴 수 없는 보따리, 그중에 제일 아름다운 한 보따리를 풀었네요.

"한 문장을 쓰고 오예~~"

이런 신나는 보따리가 또 어디 있을까요. 최영금 시인님, 손에 든 그 꿈보따리는 풀어도 풀어도 끝이 없는 꿈들이 찬란하게 쏟아질 것입니다.

"오예~~"

> 최영금 님은 부천시 춘의종합사회복지관에서 글을 배우셨다.

이제는 내 나라 대한민국

진나영

사람 일은 아무도 모른다더니
나를 두고 하는 말이지
태어난 내 땅, 내 나라 떠나
사랑 따라 대한민국 밟게 될 줄 누가 알았는가

이 땅에서 지난 10년 돌아보니
말도 못해, 문화 차이도 엄청나, 음식도 안 맞아
참 힘든 시절⋯⋯
아이 낳고, 살림 배우고, 적응하며 보낸
힘든 시간을 늘 도와준 남편이 고맙다

나를 돕는 남편을 보며
마음속 깊이부터 생겨난 꿈은
나 같은 결혼 이민자를 돕고 싶다는 마음

내 꿈은 통역사
병원이나, 은행이나, 출입국 관리소 같은 곳에 갈 때
나 혼자서는 늘 답답
그리고 무시하는 사람들

이제 10년 차다
한국말을 더 잘해서 당당해지고 싶고,
나와 같이 어려움을 겪는 결혼 이민자를 도와야지
어서어서 배우자
이제는 내 나라, 대한민국에서 내 꿈을 이뤄보자

공부가 내일이 됩니다. 글자를 알고 한 줄 글을 읽게 되면 그전과는 다른 나를 만나게 됩니다. 한 줄 글을 쓰고 나면 내가 달라져 있습니다. 하나를 알고 나면 나도 모르는 새로운 세상을 만나고, 낯선 새 땅을 딛게 됩니다. 그리하여 또 다른 꿈을 꾸게 됩니다. 꿈을 꾸고, 꿈을 이루고, 또 꿈을 꾸게 됩니다.

공부는 기적을 가져옵니다. 기적이란 생각지도 않은 일이 생기는 것이지요. 글을 읽고 글을 쓰는 것은 기적을 만들어가는, 아주 신나고 근사한 일입니다.

> 진나영 님은 안양시민학교에서 글을 배우셨다.

숨찬 시계

임영매

시계는 내 인생
나는 시계를 안고 달렸다
막 달렸다
가족을 위해…… 살기 위해……

이제는 숨이 차서 쉬어야지 했는데,
공부가 나를 달리라고 한다
더 빨리 달리라고 한다
더 많이 달리라고 한다

내 인생의 시계는 멈출 수가 없나 보다
시계가 멈추면 안 되지
내 인생이 멈추니까!

공부도 멈추면 안 되지
내 인생이 멈추니까
내 인생은 시계

이 시를 읽어 내려가면 숨이 차요. 사는 모습이 훤히 보여요. 활기 넘치고 씩씩해 보여요. 그리고 논밭으로 달려가 하루를 보내는 농사짓는 분들의 하루가 떠올라요. 남편과 아들딸들을 위해 살아오신 우리 어머니들의 하루가 생각나요. 어머니, 어머니, 우리들의 어머니. 몸이 열 개라도 모자랐던 어머니. 그 눈부신 몸짓들이 떠오릅니다. 아름답고 고운 하루가, 농부들의 일생이, 이 시에 가득 담겨 있습니다.

> 임영매 님은 서울 성동문화원에서 글을 배우셨다.

夢

하마모토 미카

내 미래를 상상해본다
난 무지개 같은 사람이 될까 싶다

빨강색은 부모님에게 좋은 딸
주황색은 남편에게 좋은 아내
노랑색은 아이가 생기면 좋은 어머니
초록색은 친구에게 좋은 친구
파랑색은 선생님에게 좋은 학생
남색은 취직하면 좋은 동료
보라색은 남에게 좋은 사람

언제나 다양한 색으로 빛나는 것은 어렵겠지만……
언제나 반짝반짝 빛나고 있었으면 좋겠다

와아! 세상에서 가장 아름다운 무지개가 떴습니다. 빛나고말고요. 이리 고운 빛이 빛나지 않고 어찌 어디 감춰지겠습니까? 손에 만져지는 듯합니다. 당신의 마음이, 우리들의 지친 몸과 마음을 아름다운 색깔로 풀어 하늘에 걸어줍니다. 이렇게 아름답고 고운 무지개가 세상에 또 있을까요?

하늘을 올려다보며 큰 숨을 들이마시고 내쉽니다. 내 마음을, 내 지친 몸을 당신의 무지개 위에 가만히 놓습니다. 꿈을 꿉니다. 눈을 감고 무지개를 타고 건너갑니다. 우리들이 보지 못했던 그 어떤 나라로.

> 하마모토 미카 님은 부산이주여성인권센터에서 글을 배우셨다.

무지개

양성순

사랑스런 나의 공부
너와 함께하는 이 삶이 행복하다
긴 세월 보내고서
이제야 마음에 기쁨과 소망,
희망과 꿈이 보인다

내 안에 숨어 있는 한을 풀어준 너!
어느 때는 좋아서 공책을 가슴에 올려놓고
잠든 적이 있었고
숙제하다가 공책에 뽀뽀도 했었다

이 기쁨 자식들도 몰라
나만의 행복한 비밀이 되었다
오늘도
너와 함께 무지개 꿈속으로 달려간다

좋아서, 가슴에 공책을 올려놓고 잠든 모습은 그 누가 보아도 좋은 그림입니다. 하나님이 보시면 '저기가 천당이구나' 하며 매우 좋아하실 것입니다. 부처님이 보시면 '저기 저 사람이 보살이지, 저기가 극락이지' 하며 흐뭇해하실 것입니다.

얼마나 좋으면 숙제를 하다가 공책에 뽀뽀를 할까요? 이 세상 모든 학생이 양성순 시인님의 시를 읽으면 좋겠습니다. 공부가 무지개를 타는 일임을 보여주고 싶네요. 세상에, 공부가 좋아서 공책에 뽀뽀를 다 하다니요.

> 양성순 님은 용인시민학교에서 글을 배우셨다.

쑥쑥 자라는 꿈

이윤임

넓은 바다를 보고 있으면
그 위를 걸어보고 싶어진다
하얀 파도가 치면
그 위에 올라타고 싶어진다
나도 아이처럼 나의 꿈 위에서
마음껏 날아다니고 싶다

푸른 나무를 보면서 생각한다
내 실력도 푸른 나무처럼 쑥쑥 자라면
얼마나 좋을까?
빨간 열매를 보면서 생각한다
내 실력이 잘 익은 열매처럼 탱탱하면
얼마나 좋을까?

그래서
나는 오늘도 열심히 한 자 한 자 배운다

곡식 자라는 모습은 보지 못합니다. 그러나 문득 눈여겨보면, 어제와는 다르게 곡식들은 자라 있습니다. 아침에 볼 때와 저녁에 볼 때가 다르게 가지, 오이, 토마토, 상추, 배추 들은 자랍니다.

모내기를 할 때 농부들은 말하지요. 지금은 모가 이렇게 작지만 심어놓고 나면 금방 벼 베려고 낫 들고 논에 든다고요. 그렇습니다. 공부도 그런 것이지요. 한 자 한 자 읽고 쓰다 보면 어느새 내 공부도 나무처럼 자라 있음을 알게 됩니다. 한 자 한 자 읽고 쓰다 보면 한 문장 두 문장 읽고 쓰게 되고, 어느새 책 한 권을 거뜬히 읽게 됩니다.

곡식이나, 나무나, 사람이나, 다 자기도 모르게 쑥쑥 자랍니다. 그러다 보면 기뻐서 풀쩍 뛰고 싶은 날이 찾아옵니다. 그렇게 기뻐서 뛰다가 언젠가는 푸른 하늘을 만질 날이 올 것입니다.

> 이윤임 님은 서울 은평구평생학습관에서 글을 배우셨다.

터널

모리 타마에

한국에 와서 수많은 터널을 지내온 것 같아

외국어라는 터널
다른 풍습, 문화 차이라는 터널
각종 첫 경험이라는 터널
길고 어렵고 괴롭게
때론 신나고 행복하게 지나왔지

터널은 꼭 출구가 있어
난감할 때 도와주고
외로울 때는 위로해주며
즐거울 때는 함께하는 사람들이
반드시 있다는 것

앞으론 어떤 터널이 기다릴까?
하지만 그 어떤 터널도 출구는 있다
노래 부르며
희망찬 나의 삶 웃음이 핀다

이 책은 국경을 초월한 시집입니다. "그 어떤 터널도 출구는 있다"라는 구절은 우리가 사는 세계의 어둠을 관통하는 빛의 출구입니다. 막힌 어딘가가 뻥 뚫리는 기분입니다. 속이 다 시원합니다.

> 모리 타마에 님은 부천여성청소년센터에서 글을 배우셨다.

내 나이

이시카와 스미코

외국에서 사는 것은
다시 태어나는 것과 비슷하다

인사를 할 수 있다 3살
한글을 읽을 수 있다 5살
혼자서 버스를 탔다 7살
말하기 대회에 참가했다 10살
친구와 여행을 갔다 15살

지금도 나는 매일매일 성장하고 있다
이제 나는 몇 살이 되었을까……?

어쩌면 이렇게 재미있는 시를 쓸 수 있을까요? 이시카와 스미코 님이 아니면 쓸 수 없는 시입니다. 시란, 이렇게 자기만이 표현할 수 있는 글을 쓰는 것이지요.

3살, 5살, 7살, 10살, 15살 중에 저는 15살이 제일 좋네요. 친구와 여행을 간다는 것은 한국말과 한글에 자신이 생겨서 자유를 만끽할 수 있다는 뜻이니까요. 자유로운 생각, 자유로운 표현을 말과 글로 나타낼 수 있기까지 정말 수고 많으셨어요.

이시카와 스미코 시인님, 이제 자유롭게 글을 써보세요. 두려워하지 말고 거침없이 써보세요.

≫ 이시카와 스미코 님은 하남시 외국인비전센터에서 글을 배우셨다.

학교 가는 길은 행복의 길

김춘자

오빠 등 뒤에서 행복한 콧노래를 부르며
즐거운 공부를 하러 간다

남들은 좋은 차를 타고 가는 사람도 있지만
나는 벤보다 더 좋은 오토바이를 타고 간다
외제차도 비켜,
버스도 비켜,
택시도 비켜,
일흔 살 오빠 남편은 예순네 살 동생 부인을
태우고 봉봉봉 달린다

등 뒤에서 "여보— 나 학교 가서 좋지요?"
오토바이는 "빵빵" 대답하니 차가 양보
"기사님 행복하세요"

호호— 즐거운 학교 가는 길
우린 무사히 행복한 학교에 도착했다

그림 같습니다.

아니, 영화의 한 장면 같습니다.

우와아아!

이리 신나는 일이 세상 천지에 또 있을까요?

오토바이가 비행기처럼 하늘을 날아요.

하늘 끝까지 가네요.

와아! 눈이 부시네요.

찬란해요.

오토바이가 "빵빵" 대답한다는 말이,

진짜 사실이거든요.

> 김춘자 님은 부천시 춘의종합사회복지관에서 글을 배우셨다.

꿈나라 여행길

김현자

오늘도 하루 일과 분주히 끝이 났네
꿈나라 여행할 양 침대에 이 몸 뉘여
여행 갈 잠친구들 오매불망 기다리네

내 친구 잠친구야 어디 가 헤매길래
어느새 삼경인데 돌아올 기미 없네
기다린 나의 눈이 촛점이 흐려졌네

잠친구 미안한지 조용히 다가와서
힘 빠진 나의 눈을 살며시 만져주니
반가워 스르르 꿈나라 여행 가네

웃음이 절로 나오는 시입니다. 나이 들면 잠이 안 온다지요. 우리 이웃집 큰형님은 텔레비전을 켜놓고 주무신답니다. 그러면 텔레비전을 보다가 스르르 잠이 든다고요. 저는 일찍 자고 이른 새벽에 깨거든요. 지금 그 형님댁 창문이 번쩍번쩍해요. 텔레비전에서 한창 총싸움을 하나 봐요.

잠이 안 오면 이렇게 해보세요. 온몸의 힘을 빼고 반듯하게 누워서 말해보세요.

"현자야, 오늘도 사느라고 얼마나 애썼냐. 자자."

그러고 한동안 가만히 있으면 잠친구가 스르르 찾아올 거예요.

▷ 김현자 님은 안양시민대학에서 글을 배우셨다.

부녀회장의 꿈

서선옥

글을 몰라
부녀회장을 못 나갔습니다
아직도
부녀회장의 꿈을 키워갑니다
내년에
더욱더 공부 열심히 해서
부녀회장이 될 것입니다

진짜 재밌습니다.

내년에는 꼭 부녀회장에 당선되시길

두 손 모아 빌어봅니다.

그 마을로 이사 가서 저도

서선옥 후보에게 한 표를 주고 싶네요.

» 서선옥 님은 청주시 사회교육센터 일하는 사람들에서 글을 배우셨다.

내가 제일 무서운 놈 잡았다

윤복녀

호랑이보다 더 무서운 놈
귀신보다 더 무서운 놈
항상 주눅 들게 하는 놈
나가는 것도 두려워하게 하는 놈

하고 싶은 것도 많은 나
미용도, 양장도 배우면 자신 있는데
무서워 속 끓이며 울고 또 울고
누구를 탓하랴 내 마음 달래야지

이제 안 되겠다 싶어 60 중반이 넘어서야
문해교육에 문을 두드려 선생님께
한글이란 놈 좀 잡아달라고 했다

왜 그렇게도 안 잡히려고 하는지
왼쪽 귀에 넣으면 오른쪽 귀로 도망가고
하지만 나는 그놈을 꼭 붙잡고 안 놓을 것이다

앞으로 나는 시인이 되어 무지개 다리를 건너
초록 잔디 위에 나무의자 하나 놓고 앉아
시를 쓸 것이다

우아아아! 대단하십니다. 벌써 시인이십니다. 이제 오른쪽 귀에 넣으면 글이 어디로 도망가지 못하고 연필 끝으로 시가 흘러나오겠네요. 힘차요. 거리낌이 없어요. 무서울 게 없어요. 겁날 게 없는 인생입니다. 이제 "초록 잔디 위에 나무의자 하나 놓고 앉아" 시를 쓰세요. 정말 멋지세요.

› 윤복녀 님은 서울 강북구청 세종문해교실에서 글을 배우셨다.

늦은 나이에 길을 나섰습니다

노옥엽

생활에 얽매여
글씨는 쳐다볼 엄두도 못 내고
짐승처럼 밥해 먹고 일만 하다가
서울로 와 보니 무시하는 눈초리가
사방에서 왔다 갔다 했지요

요즘은 배우고 싶은 꿈만 있다면
희망의 빛이 손짓하는 세상이 좋아
깜빡깜빡 그 별빛 하나 보고
늦은 나이에 길을 나섰지요

곧 닿겠지 생각했는데
가도 가도 첩첩산중 기억마저 흐려지는데
별은 여전히 저 멀리서만 깜빡이네요

그래도 걸어가려고요
책 속에 나 있는 길,

그 깊은 뜻과 선생님 수고의 힘은
큰 배를 움직이는 물의 힘보다 강하다는 생각
마음에 깊이 간직한 채로
오늘도 깜빡이는 별빛을 향해 걸어가고 있지요

깜박깜박 빛나는
별빛 하나를 보고 길을 나서는
아름다운 사람이 여기 있습니다.
그가 가는 길이 새로운 삶의
길이 될 것입니다.

> 노옥엽 님은 남양주시 동부노인복지관에서 글을 배우셨다.

나는

김숙이

과거의 나는
은행 입출금 용지를 쓰지 못해
청원경찰에게 써달라고 했지
닭공장에 취직한 나는
하필 사장이 여러 일을 놔두고
나한테 숫자를 쓰는 일을 시켜서
글자를 적지 못해 그만두었지

지금의 나는
길거리의 간판을 읽고
가게 상호를 남들한테 말할 수 있지
텔레비전을 볼 때
배우의 얼굴과 풍경만 보는 게 아니라
화면 아래에 써 있는 자막도 읽을 수 있지

미래의 나는
손자 손녀들을 무릎에 앉혀서
동화책을 읽어주겠지

휴대폰으로 전화 통화만 하던 내가
가족에게 밥은 잘 먹었는지 언제 퇴근하는지 사랑한다는
안부 문자를 주고받고 있겠지

✻

아름다워요. 꿈이 있는 당신. 한 글자 배우면 꿈이 생기고, 또 한 글자 배우면 또 다른 꿈이 생기고, 그러다가 이제 글자를 알아서 세상이 환해졌습니다. 그리고 또 다른 희망이 생겼습니다. 공부는 희망입니다. 희망이 또 다른 희망이 되고, 내가 희망이 되어 다른 사람에게 희망을 가져다주거든요.

> 김숙이 님은 대구 신당종합사회복지관에서 글을 배우셨다.

행님과 아우

서무자

행님~
우째 그리 잘 하능교
나는
암만 해도 잘 안 되는데

아우야~
열심히 해봐라
니도
내만큼 될 끼라

행님~
공부가 재미있능교
하모
진작에 했어야 하는데

아우야~
뭐가 그리 걱정이고
지금
해도 하나도 안 늦다

진짜요?
인자 해도 될까요?
하모
시작이 반이라 안 카나

할 수 있겠제~
포기하지 말그라
힘내라이~

와아아아아!
진짜 시입니다.
시란 이렇게 그때 있었던
어떤 한 가지 일을 자세히 쓰는 것입니다.
꾸미지 않고 있었던 일을 그대로 쓰는 것입니다.
참 정답고 그리운 대화입니다.

> 서무자 님은 증평군 평생학습관 문해교실에서 글을 배우셨다.

희망

이효령

식탁 위에 놓인
숟가락은 '9'요
젓가락은 '11'이다
동그란 국그릇은 ㅇ이고
네모난 접시는 ㅁ이다
ㄱ, ㄴ, ㄷ, ㄹ을 외우며 밥상을 차리고
ㅏ, ㅑ, ㅓ, ㅕ를 외우며 설겆이를 한다

좀 늦으면 어떻고
더디 가면 어떠니
칠순에 시작한 한글 공부, 숫자 공부
이만하면 훌륭하지
울퉁불퉁 삐뚤빼들 그래도 나는
신난다

시작이 반이라 하지만
나의 시작은 반이 아닌 희망이다

시를 읽다가 고개를 젖히고 혼자 크게 웃었습니다. 이렇게 유쾌, 통쾌, 상쾌할 수 없습니다. 시작이 반이 아니라 희망이라는 말은 또 얼마나 값진 말입니까? 공부가 취직이 되는 세상에서, 공부가 희망이 된다는 것을 나는 이 시집을 읽으면서 가슴 벅차게 깨달았습니다. 시는 이렇게 우리를 새 사람으로 만들기도 합니다.

> 이효령 님은 한국문해교육협회 정선지부 문해교실에서 글을 배우셨다.

화가 금동원

이 책에 수록된 그림을 그린 금동원 화가는 세종대 서양화과를 졸업
하고 동대학원 미술과를 졸업했다. 자연, 생명, 음악, 시간, 추억 등
인간의 가장 아름다운 감성을 조형적 시어와 색채로 표현해 색채의
시인, 색채의 연주자로도 불린다. 서울, 파리, 베를린, LA 등에서 35
회의 개인전과 450여 회에 이르는 초대전 및 단체전을 가졌다. 1995
년 'ART AND WORDS MELBOURNE' 최고작가상을 수상했다.

수록 그림

p.10-11 사유의 숲 – 나무, 구름이 되어 시가 되어, Acrylic on canvas,
162×130.3cm, 2009.

p.27 흐르지 않는 시간 – 한낮 이야기, Acrylic on canvas, 33.4×24.2cm,
1995.

p.41 사유의 숲 – 나무, 바람, 그리고 시, Acrylic on canvas, 72.7×60.6cm,
2009.

p.54 사유의 숲 – Beautiful Life, Acrylic on canvas, 41×31.8cm, 2010.

p.70 사유의 숲 – 나무, 꽃이 되어 시가 되어, Acrylic on canvas, 72.7×
60.6cm, 2009.

p.87 아득한 은유 – 깊은 정원, Acrylic on canvas, 116.7×91cm, 2015.

p.104 사유의 숲 – 꽃과 시, Acrylic on canvas, 72.7×60.6cm, 2008.

p.120 사유의 숲 – 나무, 꽃이 되어, Acrylic on canvas, 72.7×60.6cm,
2008.

p.133 사유의 숲 - 나무와 시, Acrylic on canvas, 130.3×97cm, 2008.

p.151 사유의 숲 - 나무와 시, Acrylic on canvas, 33.3×24.2cm, 2008.

p.160 Beautiful Korea, Acrylic on canvas, 116.8×91cm, 1999.

p.175 흐르지 않는 시간 - 그날의 추억, Acrylic on oil paper, 39×28.5cm, 1995.

p.190 흐르지 않는 시간 - 문학기행, Acrylic on canvas, 259.1×193.9cm, 1998.

p.207 사유의 숲 - Happy Tree, Acrylic on canvas, 116.7×91cm, 2014.

p.221 아득한 은유 - 걸어가는 새, Acrylic on canvas, 85×42cm, 2013.

p.235 아름다움의 시원 - 나무 이야기, Acrylic on canvas, 91×72.7cm, 2003.

p.246 흐르지 않는 시간 - 꿈꾸는 창(하늘에 사는 연어), Acrylic on canvas, 120×38cm, 1997.

p.261 아름다움의 시원 - 풀잎 이야기, Acrylic on canvas, 53×45.5cm, 2001.

엄마의 꽃시

2018년 5월 15일 초판 1쇄 | 2019년 1월 11일 8쇄 발행

엮은이 · 김용택

펴낸이 · 김상현, 최세현
편집인 · 정법안
책임편집 · 손현미 | 디자인 · 임동렬

마케팅 · 김명래, 권금숙, 심규완, 양봉호, 임지윤, 최의범, 조히라, 유미정
경영지원 · 김현우, 강신우 | 해외기획 · 우정민
펴낸곳 · 마음서재 | 출판신고 · 2006년 9월 25일 제406-2006-000210호
주소 · 경기도 파주시 회동길 174 파주출판도시
전화 · 031-960-4800 | 팩스 · 031-960-4806 | 이메일 · info@smpk.kr

ⓒ 김용택(저작권자와 맺은 특약에 따라 검인을 생략합니다)
ISBN 978-89-6570-633-5 (03810)

쌤앤파커스(Sam&Parkers)는 독자 여러분의 책에 관한 아이디어와 원고 투고를 설레는 마음으로 기다리고 있습니다. 책으로 엮기를 원하는 아이디어가 있으신 분은 이메일 book@smpk.kr로 간단한 개요와 취지, 연락처 등을 보내주세요. 머뭇거리지 말고 문을 두드리세요. 길이 열립니다.